A

Antoine Laurain

Die Melodie meines Lebens

Roman

Aus dem Französischen von
Sina de Malafosse

Atlantik

Die Originalausgabe erschien 2016 unter dem Titel
Rhapsodie française bei Flammarion, Paris.

Das Zitat auf Seite 154 stammt aus Henri Alain-Fournier,
Der große Meaulnes, deutsch von Christiane Landgrebe,
Piper Verlag 2015.

Atlantik-Bücher erscheinen im
Hoffmann und Campe Verlag, Hamburg.

1. Auflage 2017

www.hoca.de *www.atlantik-verlag.de*
Satz: Pinkuin Satz und Datentechnik, Berlin
Gesetzt aus der Fairfield LT
Druck und Bindung: Friedrich Pustet, Regensburg
Printed in Germany
ISBN 978-3-455-60052-0

HOFFMANN
UND CAMPE

Ein Unternehmen der
GANSKE VERLAGSGRUPPE

Jeder von uns trägt Geheimnisse in sich, dunkle, tiefgründige Gefühle wie die Spuren einer früheren Existenz oder der Beginn eines zukünftigen Lebens, ein Seelenstaub aus Asche oder Samen, der etwas erinnert oder erahnt.

Henri de Régnier
Les Cahiers (1927)

Ein Brief

Der stellvertretende Filialleiter, ein kleiner müder Mann mit einem dünnen graumelierten Schnurrbart, hatte ihm in einem winzigen, fensterlosen Büro mit kanariengelber Tür einen Stuhl angeboten. Als Alains Blick auf das schön gerahmte Plakat fiel, entfuhr ihm erneut ein nervöses Lachen, das dieses Mal sogar noch heftiger ausfiel und von dem unangenehmen Gedanken begleitet war, dass Gott, wenn er existierte, einen ziemlich zweifelhaften Sinn für Humor hatte. Auf dem Plakat war eine Gruppe fröhlicher Postboten und -botinnen zu sehen, die siegessicher ihre hochgestreckten Daumen in die Kamera hielten. Darüber stand in gelben Buchstaben: *Was auch immer die Zukunft für Sie bereithält, die Post bringt es Ihnen.* Alain gluckste erneut.

»Finden Sie den Slogan wirklich passend?«

»Sparen Sie sich Ihre Scherze, Monsieur«, antwortete der Beamte.

»Scherze?«, fragte Alain und deutete auf den Brief. »Dreißig Jahre Verspätung. Haben Sie dafür eine Erklärung?«

»Nicht in diesem Ton, Monsieur«, entgegnete der Mann mit monotoner Stimme.

Alain schaute ihn schweigend an. Der Schnurrbärtige hielt seinem Blick einen Moment lang stand, dann griff er langsam zu einem blauen Ordner, den er feierlich aufschlug, bevor er seinen Zeigefinger anleckte und in aller Ruhe die Seiten umblätterte.

»Wie war noch Ihr Name?«, murmelte er, ohne Alain anzusehen.

»Massoulier«, antwortete Alain.

»Doktor Alain Massoulier, Rue de Moscou 38, Paris, 8. Arrondissement«, las der Beamte vor. »Sie haben sicher festgestellt, dass unsere Filiale modernisiert wird?«

»Die Ergebnisse scheinen geradezu bahnbrechend zu sein«, entgegnete Alain.

Der Schnurrbärtige runzelte die Stirn, aber Alain noch einmal zurechtzuweisen, wagte er dann doch nicht.

»Bei uns wird modernisiert, und daher wurden die Holzregale von 1954, als das Gebäude errichtet wurde, abgebaut. Die Arbeiter haben vier Briefe gefunden, die unter besagte Regale gerutscht waren. Der älteste ist von … 1963«, ergänzte er mit einem Blick auf seine Akte. »Außerdem haben wir eine Postkarte von 1978, einen Brief von 1983 – den an Sie adressierten – und einen letzten von 2002. Wir haben entschieden, die Postsendungen im Rahmen unserer Möglichkeiten den Empfängern zuzustellen, sofern diese noch leben und ihre Adressen leicht herauszufinden sind. Voilà«, sagte er und klappte seinen Ordner zu.

»Kein Wort der Entschuldigung?«, fragte Alain.

Der Mann starrte ihn an. »Wenn Sie es wünschen, können wir Ihnen ein standardisiertes Entschuldigungsschreiben zusenden. Ist das wirklich nötig?«, antwortete er nach einer Pause.

Alain betrachtete ihn, dann fiel sein Blick auf den Schreibtisch, wo ein schwerer, gusseiserner Briefbeschwerer mit dem Logo der französischen Post stand. Kurz sah er sich danach greifen und damit mehrmals auf den Schnurrbärtigen einschlagen.

»Nur um sicherzugehen«, setzte der Mann erneut an, »ist dieser Brief von juristischer Natur, sodass die verspätete Zustellung zu rechtlichen Schritten gegen die Post führen könnte, geht es etwa um eine Erbschaft, Aktiengeschäfte …?«

»Nein, nichts dergleichen«, unterbrach ihn Alain schroff.

Der Schnurrbärtige reichte ihm ein Formular zum Unterschreiben, das Alain nicht einmal durchlas. Er verließ das Gebäude und kam an einem großen Baucontainer vorbei. Bauarbeiter warfen Bretter aus massiver Eiche und Metallstangen hinein, während sie in einer Sprache diskutierten, die er als Serbisch zu identifizieren glaubte. Im Schaufenster einer Apotheke sah Alain einen Spiegel und begutachtete sich darin. Graue Haare und eine randlose Brille, die seinem Optiker zufolge »jünger machte«. Einen alternden Arzt zeigte sein Spiegelbild, einen alternden Arzt, wie es Tausende in diesem Land gab. Ein Arzt, wie sein Vater es gewesen war.

Der Brief war am Morgen mit der Post gekommen, maschinengetippt und mit türkisfarbener Tinte unterschrieben. Oben links war das Logo der legendären

Plattenfirma zu sehen, über dem Namen ein Halbkreis, der eine Vinylplatte in Form einer – je nach Sichtweise – auf- oder untergehenden Sonne darstellte. Das Papier war an den Rändern gelb geworden. Alain hatte den Text dreimal gelesen, bevor er sich den Umschlag vornahm; dort stand tatsächlich sein Vor- und Nachname, auch seine Adresse. Alles stimmte, außer dem Datum. 12. September 1983. So stand es auf der Briefmarke mit der Marianne, die seit langem nicht mehr im Umlauf war. Der Stempel war halb verwischt, trotzdem war deutlich zu lesen: Paris – 12/09/83. Alain musste ein hysterisches Lachen unterdrücken. Dann schüttelte er den Kopf, ohne dass das ungläubige Lächeln aus seinem Gesicht gewichen wäre. Dreiunddreißig Jahre, dieser Brief hatte ganze dreiunddreißig Jahre gebraucht, um drei Pariser Arrondissements zu durchqueren. Die Tagespost – eine Stromrechnung, eine Ausgabe des *Figaro*, eine des *Observateur*, Werbesendungen, eine für ein Handy, die zweite von einer Reiseagentur, die dritte von einer Versicherungsgesellschaft – war gerade von Madame Da Silva, der Concierge, gebracht worden. Alain wollte schon aufstehen und die Tür aufreißen, um Madame Da Silva hinterherzurufen, woher dieser Brief käme. Aber sie war sicher schon wieder in ihrer Loge, und was sollte sie schon darüber wissen – sie hatte den Brief mit der Post hochgebracht, die der Briefträger bei ihr abgegeben hatte.

Paris, 12. September 1983

Liebe Hologrammes,

mit großem Interesse haben wir Ihr Demotape mit fünf Stücken, das Sie uns Anfang des Sommers haben zukommen lassen, angehört. Ihre Arbeit ist präzise und sehr professionell. Auch wenn Ihnen noch viel Arbeit bevorsteht, besitzen Sie bereits einen ganz eigenen Sound. Das Stück *We are made the same stuff dreams are made of* hat uns am stärksten beeindruckt. Sie beherrschen die Codes der New und der Cold Wave, denen Sie einen ganz eigenen rockigen Klang verleihen.

Setzen Sie sich gerne mit uns in Verbindung, um einen Termin zu vereinbaren.

Mit herzlichen Grüßen

Claude Kalan
Künstlerischer Leiter

Der Ton des Briefes war zugleich persönlich und etwas aufgesetzt. Alain fielen die Begriffe »präzise« und »sehr professionell« auf, sowie die etwas schwerfällige Wiederholung des Wortes »Arbeit«. Was folgte, war ermutigend, ja noch mehr: Es war eine Bestätigung. Ja, Sie haben recht, dachte Alain, das Stück *We are made the same stuff dreams are made of* war das beste, ein Schmuckstück, ein Hit mit Bérengères sanft säuselnder Stimme. Alain schloss die Augen und sah ihr Gesicht gestochen scharf vor sich; ihre großen Augen mit dem stets leicht beunruhigten Blick, ihren kurzen Haarschopf, die Strähne, die ihr in die Stirn fiel; er sah, wie sie ans Mikro trat, es mit beiden Händen umfasste und es bis zum Ende des Liedes nicht mehr losließ. Sie hatte die Augen geschlossen, und eine sanfte, ein wenig raue Stimme drang aus dem Mund des neunzehnjährigen Mädchens. Alain öffnete die Augen. Ein »Termin« – wie oft hatten sie alle fünf dieses kleine Wort wiederholt, das der Welt der Geschäftsleute entstammte. Wie oft hatten sie auf einen solchen Termin bei einer Plattenfirma gehofft: in unserem Büro, Montag um elf. Wir haben einen Termin mit Polydor. Zu diesem »Termin« war es nie gekommen. Die Hologrammes hatten sich aufgelöst. Dieser Ausdruck entsprach übrigens nicht ganz der Wahrheit: Das Leben hatte die Band einfach auseinandergetrieben. Wegen der ausbleibenden Antwort einer Plattenfirma, aus Enttäuschung oder Überdruss war jeder schließlich seiner Wege gegangen.

Véronique, in einen Morgenmantel aus blauer Seide gekleidet, hatte verschlafen die Tür zur Küche aufgestoßen. Alain sah zu ihr auf und hielt ihr den Brief hin. Mit einem Gähnen überflog sie ihn.

»Das muss ein Irrtum sein«, sagte sie.

»Natürlich nicht«, entgegnete Alain und reichte ihr den Umschlag. »Alain Massoulier, das bin ich.«

»Ich verstehe nicht«, sagte Véronique kopfschüttelnd und bedeutete ihm damit, dass komplizierte Rätsel so kurz nach dem Aufwachen nicht ihre Sache waren.

»Das Datum, schau auf das Datum.«

»1983«, las sie laut.

»Die Hologrammes, das war meine Band, meine Rockband, auch wenn wir keinen Rock gespielt haben, sondern New Wave, Cold Wave, um genauer zu sein, so wie es hier steht«, erklärte er und deutete auf die besagte Stelle im Schreiben.

Véronique sah ihren Mann stumm und mit müden Augen an.

»Dieser Brief hat dreiunddreißig Jahre für drei Arrondissements gebraucht.«

»Bist du sicher?«, murmelte sie und drehte den Umschlag um.

»Hast du eine andere Erklärung?«

»Da muss man bei der Post nachfragen«, schlussfolgerte Véronique, während sie sich setzte.

»Ganz genau. Stell dir vor, das lasse ich mir nicht nehmen«, entgegnete Alain.

Dann stand er auf und setzte die Nespresso-Maschine in Gang.

»Mach mir auch einen«, bat Véronique unter erneutem Gähnen.

Alain dachte, dass seine Frau mit den Schlaftabletten wirklich einen Gang runterschalten sollte; sie allmorgendlich mit diesem zerknautschten Spitzmausgesicht zu sehen, war ein recht trauriges Spektakel, ganz abgesehen davon, dass sie sich danach mindestens zwei Stunden im Bad aufhielt, bevor sie geschminkt und angezogen heraustrat. Es waren fast drei Stunden nötig, bis Véronique endlich wie sie selbst aussah. Seit die Kinder aus dem Haus waren, lebten Alain und Véronique wieder zu zweit, wie am Anfang ihrer Ehe. Aber seitdem waren fünfundzwanzig Jahre vergangen, und was anfangs seinen Reiz gehabt hatte, wurde langsam ein wenig mühsam, vor allem wenn sich beim Abendessen langes Schweigen einstellte. Um es zu brechen, sprach Véronique von ihren Kunden und ihren jüngsten Deko-Fundstücken, und Alain erwähnte einige Patienten oder Kollegen, anschließend diskutierten sie über bevorstehende Urlaubsreisen an Orte, auf die sie sich selten einigen konnten.

Rückenschmerzen

Alain musste eine Woche lang das Bett hüten. Am Abend des Tages, an dem der Brief eingetroffen war, hatte er heftige Rückenschmerzen bekommen, die er als Hexenschuss identifizierte, bevor er seine Diagnose zu Ischialgie oder Femoralgie abänderte. Vielleicht war es auch gar nichts Physisches. Er hatte weder schwer gehoben, noch ein verdächtiges Knacken bei einer plötzlichen Bewegung gehört. Psychosomatische Gründe waren nicht auszuschließen, aber welche Ursache die Schmerzen auch immer hatten, jedenfalls lag er jetzt im Schlafanzug im Bett, eine Wärmflasche unter den Lendenwirbel geschoben, nahm Tabletten und bewegte sich wie ein alter Mann durch die Wohnung, mit kleinen Schritten und schmerzverzerrtem Gesicht. Er hatte Maryam, seine Sprechstundenhilfe, beauftragt, bis auf weiteres alle Termine abzusagen und anschließend nach Hause zu gehen.

Der Tag hatte einfach kein Ende nehmen wollen. Als hätte der um dreiunddreißig Jahre verspätete Brief in einer Art Spiegeleffekt die Zeit infiziert: Alles verging langsamer. Um vier Uhr nachmittags hatte Alain das Gefühl, schon seit mindestens fünfzehn Stunden in der Praxis zu sein und den Klagen seiner Patienten zuzuhören. Jedes Mal, wenn er die Tür zum Wartezimmer öffnete, schien es sich erneut gefüllt zu haben. Eine Gastroenteritis-Epidemie war der Grund für den Andrang. Dutzende Male hatte er sich die Erzählungen von Durchfall und Bauchschmerzen schon anhören müssen. »Doktor, ich kacke mir die Seele aus dem Leib!«, hatte ihm der ungeschliffene Schlachter des Viertels mit ausgebreiteten Armen anvertraut. Alain hatte ihn schweigend angesehen und beschlossen, sein Fleisch nicht mehr bei ihm zu kaufen. Dabei hätte der Tag ruhig und beschaulich verlaufen sollen. Da glaubt man, dass man seine Jugendträume begraben hat, dass sie sich im Laufe der Jahre in Dunst aufgelöst haben, und merkt plötzlich, dass dem keineswegs so ist. Der Leichnam liegt offen und angsteinflößend vor einem. Es hätte ein Grab gebraucht, eine Bestattung hätte auf den Brief folgen müssen, etwas Pietätvolles und Friedliches, dazu Weihrauchstäbchen. Stattdessen war die ganze Stadt bei ihm zu Besuch, um ihm abstoßende Geschichten von Därmen, Bauchkrämpfen und Toilettenspülungen zu erzählen.

Jetzt saß ihm Amélie Berthier, acht Jahre alt, in Begleitung ihrer Mutter gegenüber. Sie hatte keine Magendarmgrippe, sondern litt an einer Angina und weigerte sich beharrlich, den Mund aufzumachen. Die kleine Nervensäge saß auf der Untersuchungsliege und entwand sich jedes Mal kopfschüttelnd, wenn Alain sich mit Holzspatel und Taschenlampe näherte.

»Wirst du wohl stillhalten!«, empörte er sich.

Da beruhigte sich das Gör auf einmal und machte, ohne aufzumucken, seinen Mund auf. Als Alain anschließend das Rezept ausstellte, herrschte betretenes Schweigen.

»Sie braucht vielleicht ein wenig Autorität«, murmelte die Mutter halbherzig.

»Das ist möglich«, antwortete Alain kühl.

»Was erwarten Sie, mit einem Vater, der nie da ist …«, fuhr die Mutter fort und ließ das Satzende in der Luft hängen, in der Hoffnung, der Arzt möge nachfragen.

Alain ging nicht darauf ein. Nachdem er sie zur Tür begleitet hatte, gönnte er sich eine kurze Pause in seinem Sessel und massierte sich die Schläfen.

Der Tag war um zwanzig nach sieben mit einem Ekzematiker zu Ende gegangen, der mit einem neuen Schub aufwartete, um auch noch etwas zu diesem Tag beizutragen. Zuvor waren ihm noch eine Ohrenentzündung, eine Blasenentzündung, mehrere Bronchitis und noch einige Magendarmgrippen präsentiert worden. Alain hatte mindestens ein Dutzend Mal den etwas geschraubten Ausdruck »Darmflora« verwendet. Er hatte festgestellt, dass es Magendarmpatienten gefiel, wenn man ihnen verkündete: *Ihre Darmflora muss wieder ins Gleichgewicht kommen.* Mit einem ernsten Kopfnicken pflichteten sie ihm bei: Nur zu gerne wollten sie ein sorgfältiger Gärtner ihrer Eingeweide werden.

Nachdem er den Ekzematiker selbst zur Tür begleitet hatte, wusch und desinfizierte sich Alain ausgiebig die Hände, bevor er sich anschließend in der Küche großzügig einen Whisky einschenkte, den er fast in einem Zug austrank. Dann ging er zu dem Flurschrank und räumte ihn aus: Bügeleisen, Tauchermasken, Hefter, Strandtücher und Schreibhefte der Kinder verteilten sich auf dem Boden. Eine Frage war ihm den ganzen Tag im Kopf herumgeschwirrt: Hatte er den Schuhkarton mit den Fotos der Band und die Kassette aufgehoben? Er war sich nicht sicher. Er sah ihn genau vor sich, im oberen Schrankfach, wo er jahrelang gestanden hatte. Aber hatte er ihn nur wegwerfen *wollen* oder hatte er es wirklich *getan*? Als sich ein Chaos aus unbrauchbaren Gegenständen auf dem Teppich zu türmen begann, bestätigte sich Letzteres. Und doch wollte er in diesem Augenblick nichts anderes, als die Kassette in den alten Yamaha-Rekorder im Wohnzimmer einlegen und sich das Band anhören. Und besonders *We are made the same stuff dreams are made of.* Er hatte die Musik und Bérengères Stimme den ganzen Tag im Ohr gehabt. »Ich bin so ein Idiot, so ein Idiot …«, jammerte Alain. So war es, er hatte sie weggeworfen, nun fiel es ihm wieder ein, vor zwei oder drei Jahren hatte er an einem langen Osterwochenende entschieden, mit einem großen Müllsack Ordnung im Schrank zu schaffen, er hatte den Karton, wohl ohne ihn überhaupt aufzumachen, hineingeworfen, zwischen alte Rechnungen und ausgetretene Schuhe, die nie wieder jemand tragen würde. Er hatte sogar Sachen von seinen Eltern weggeworfen, die seit Ewigkeiten hier gelegen hatten. Ganz hinten, hinter drei Mänteln, erblickte er jetzt die schwarze Hülle mit dem Gibson-Schriftzug, neben dem Marshall-Verstärker. Er holte sie vorsichtig hervor und öffnete den Reißverschluss. Die schwarzlackierte E-Gitarre glänzte immer noch, die Zeit hatte ihr nichts anhaben können. Vor etwa zehn Jahren hatten die Kinder die Hülle entdeckt, Alain hatte ihnen die Gitarre gezeigt, sich aber geweigert, darauf zu spielen. Dass ihr Vater eine E-Gitarre besaß und eventuell sogar einmal darauf gespielt hatte, hatte sie fasziniert. Alain fuhr mit den Fingerspitzen über die Saiten, zog dann rasch den Verschluss zu und schob das Instrument zurück hinter die Wintermäntel in den Schrank. In diesem Moment spürte er, wie der Schmerz seinen Rücken hochzog. Eine Stunde später lag er im Bett.

Sweet 80s

Alles hatte mit einer kleinen Annonce in *Rock & Folk* begonnen: *Die New-Wave-Band Hologrammes und ihre Sängerin Bérengère suchen einen Gitarristen (elektrisch). Hohes Niveau erwünscht. Sind eine junge Band, aber echt motiviert. Kommt zum Vorspielen, bevor wir berühmt werden!* Alain war zum angegebenen Ort gegangen: die Garage eines Einfamilienhauses in Juvisy, das den Eltern des Bassisten gehörte, der ein paar Wochen zuvor auf dieselbe Art rekrutiert worden war. An jenem Nachmittag hatten sich drei Jungs beworben. Alain war ausgewählt worden, nachdem er *Eruption* von Van Halen, ein bisschen was von Queen und *The Wall* von Pink Floyd gespielt hatte.

Bands haben immer dieselbe Geschichte: Leute sitzen allein bei sich zu Hause und machen Musik und wollen andere Jungs und Mädchen treffen, die auch allein bei sich zu Hause Musik machen. Weil sie Songs spielen wollen, die sie nicht im Radio zu hören bekommen, weil sie etwas von ihrer Zeit begriffen haben und es mit ihrer Generation, mit dieser großen und mysteriösen Masse, die man »Publikum« nennt, teilen wollen. Bei den Beatles, den Stones, Indochine oder Téléphone hat es genauso angefangen – mit einer Annonce, einer Begegnung, einem Zufall. Wenn man noch sein ganzes Leben vor sich hat und die Möglichkeiten unendlich scheinen, wenn man sich nicht einen Augenblick lang vorstellen kann, eines Tages dreiundfünfzig zu sein – schon der Gedanke bleibt abstrakt. Man ist zwanzig für die Ewigkeit und vor allem: Die Welt hat nur auf einen gewartet. Meist hat noch kein tragisches Ereignis das Leben auf den Kopf gestellt, man hat seine Eltern, alles ist noch intakt. Alles ist möglich.

Gesang: Bérangère Leroy
E-Gitarre: Alain Massoulier
Schlagzeug: Stanislas Lepelle
Bass: Sébastien Vaugan
Piano: Frédéric Lejeune
Musik: Lejeune/Lepelle
Texte: Pierre Mazart
Produktion: Hologrammes und »JBM«

Ein Mädchen, vier Jungs. Das waren die Hologrammes. Fünf Leute mit ganz unterschiedlichem Hintergrund, die sich nie begegnet wären, hätte die Musik sie nicht zusammengebracht. Ein Arztsohn aus der Pariser Mittelschicht – Alain. Ein Landei aus dem Burgund, das nach Paris gekommen war, um an der École du Louvre zu studieren, und davon träumte, Sängerin zu werden – Bérangère. Der Sohn eines Zahnarztes aus Neuilly, eingeschrieben in Bildender Kunst, aber nur am Schlagzeugspielen interessiert – Stanislas Lepelle. Der Sohn eines Métro-Fahrers, der sich am Synthesizer austobte und davon träumte, Songkomponist zu werden – Frédéric Lejeune. Und schließlich der Sohn eines Schusters mit einem kleinen Geschäft für Schuh- und Schlüsseldienste, der einen Bass wie kein anderer zum Klingen bringen konnte – Sébastien Vaugan. Dann war Pierre Mazart dazugekommen, ihr Texter, ein paar Jahre älter als sie und ohne Verbindung zur Musik; er verkaufte Kunstgegenstände und wollte Antiquitätenhändler werden. Er beschäftigte sich leidenschaftlich mit Literatur und Poesie und hatte die Herausforderung angenommen, Songs auf Englisch für sie zu schreiben, darunter den, der ihr Hit hätte werden können: *We are made the same stuff dreams are made of* – »Wir sind aus solchem Stoff wie Träume sind«. Ein Satz von Shakespeare, geheimnisvoll wie eine Zauberformel, der perfekt in die Welt der New Wave passte. Bérangère hatte Pierre auf einer Studentenparty der École du Louvre getroffen. Ihn und seinen jüngeren Bruder, Jean-Bernard Mazart, kurz JBM.

Alain, der ausgestreckt auf seinem Bett lag, übermannten nostalgische Gefühle – sofern es kein Trübsinn war, ein erster Schritt zur nervösen Depression. Auf jeden Fall würde ihm keines seiner medizinischen Hilfsmittel – Stethoskop, Blutdruckmesser, Hustensäfte oder Pillen – dabei helfen, eine Diagnose für diesen Schmerz zu erstellen und ein Medikament dagegen zu finden.

Als es die Hologrammes noch gab, hatte er seine 45er Vinylplatten im Plattenladen oder bei Monoprix gekauft.

Dann war der Plattenladen verschwunden, und ein Lebensmittelhändler hatte aufgemacht, dessen lange Öffnungszeiten das Ende des alteingesessenen Félix-Potin-Geschäfts in der Straße beschleunigt hatte – nach wechselnden Besitzern war hier nun ein Handy-Laden, der die neuesten iPhones und iPads verkaufte, auf die man die neueste Musik oder Filme runterladen konnte. Auch der Fotoladen des Viertels hatte dichtgemacht. Bei ihm hatte man Kodak-Filme mit zwölf, vierundzwanzig oder sechsunddreißig Bildern gekauft, von denen manchmal die Hälfte unscharf war, wenn man sie eine Woche nach Abgabe des Films wieder abholte. Heute konnte man mit jedem Telefon mehr als dreitausend Fotos machen, die sofort sichtbar wurden und oft von beeindruckender Qualität waren. Allein bei dem Satz »Warte, ich mache ein Foto mit meinem Telefon«, dachte Alain, hätten vor dreiunddreißig Jahren alle geglaubt, man sei aus der Klapsmühle ausgebrochen. Zu telefonieren, während man die Straße entlangging, war 1983 nicht einmal ein Traum, nicht einmal eine vage Idee gewesen. »Wozu?«, hätten die meisten wohl gefragt, wenn man ihnen ein iPhone angeboten hätte. Was blieb von den Achtzigern noch übrig? Wenig – eigentlich fast gar nichts, war Alain versucht zu denken. Aus sechs Fernsehkanälen waren inzwischen über 150 geworden, je nach Satellitenvertrag. Wo es früher eine Fernbedienung gegeben hatte, musste man nun mit dreien jonglieren (für Digitalrekorder, Flachbildschirm und VDSL-Box). Diese Geräte mussten ständig neu gekauft werden, und Dreiviertel der Knöpfe blieben unverständlich. In der digitalen Welt war alles möglich, während man allein in einem Café saß. Über das Internet hatte man unbegrenzten Zugang zu allem, von Harvard-Vorlesungen bis zu Pornofilmen. Die abwegigsten Songs, die früher nur ein paar Freaks auf drei Vinylplatten über den Erdball verstreut besessen hatten, waren nun auf Youtube jedem offen zugänglich. Lexika wurden nicht mehr verlegt – alles war auf Wikipedia zu finden. Das sehr professionelle Medizinlexikon mit seinen schrecklichen Fotos waren jedem Idioten durch wenige Klicks zugänglich. Es gab Internetforen, in denen Patienten Nachwuchsmediziner spielten. In endlosen Diskussionen, die sich manchmal jahrelang hinzogen, tauschten Laien völlig unkontrolliert falsche Diagnosen und ungeeignete Behandlungsmethoden aus. Schon seit langem musste Alain ertragen, dass seine Patienten ihn mit dem berüchtigten »Ja, Herr Doktor, aber im Internet habe ich gelesen …« unterbrachen.

Und was war von den Idolen jener Jahre übrig geblieben? David Bowie hatte sich aus seiner britischen Einsamkeit nur zurückgemeldet, um uns ausgerechnet dann für immer zu verlassen, als sein letztes Album erschien. Darauf befand sich sein Testament, der Song *Lazarus*, begleitet von einem Video, dessen Friedhofsstimmung niemandem entging. Bono von U2 kümmerte sich seit fünfzehn Jahren den Großteil seiner Zeit um notleidende Völker und träumte wohl davon, Generalsekretär der UNO zu werden – der Posten würde ihm vielleicht eines Tages tatsächlich angeboten werden. Durch plastische Chirurgie entstellt, hatte Michael Jackson sein Leben in der Hülle eines schlafmittelabhängigen Quasi-Transsexuellen mit einer abschließenden Überdosis beendet, nachdem die letzten Jahre seiner Karriere mit abstoßenden Geschichten über sein Verhältnis zu kleinen Jungen getrübt worden waren. Was den mysteriösen Prince betraf, so war er nur noch sporadisch auf der Bildfläche erschienen, bevor man ihn leblos in seinem Studio in Chanhassen auffand. Seine Konzerte waren nie angekündigt worden und fanden im Geheimen statt, neue Songs hatte man nur im Internet herunterladen können, falls es denn überhaupt ein Publikum dafür gegeben hatte.

Natürlich waren da die Idole von heute, Alain wusste, wer Eminem, Adele, Rihanna und Beyoncé waren, aber darüber hinaus … Von den wenigen Malen, die er sie auf den Musiksendern gesehen hatte, wusste er, dass die meisten Songs heutzutage entweder Rap oder Pop, manchmal auch eine ausgeklügelte Mischung aus beidem waren, und dass in den Videos junge, stark geschminkte Frauen, die wie Prostituierte gekleidet waren, Playback singend vor funkelnden Limousinen mit den Hüften wackelten. Die Songs ähnelten sich, hatten durchaus einen Drive, aber richteten sich nur noch an ein launenhaftes jugendliches Publikum, das sie kurze Zeit später schon wieder vergessen hatte. Mit diesem Problem waren die Hologrammes nie konfrontiert worden: Niemand hatte sie vergessen können, da sie nie jemand gekannt hatte.

Echt motiviert

Sie trafen sich an den Wochenenden. Meistens in Juvisy, in der Garage des Kalksteinhauses von Sébastien Vaugans Eltern. Dafür mussten sie den Peugeot 204 von Sébastiens Vater herausfahren und ihn in einer Nebenstraße parken. Vaugan, der gerade seinen Führerschein gemacht hatte, kümmerte sich um dieses Manöver. An der hinteren Wand der Garage hingen zahlreiche Werkzeuge, davor stand eine Drechslerbank, auf der der Schuhmacher den Tisch und die Stühle für sein Esszimmer selbst gebaut hatte. Dort hing auch ein altes Plakat der kommunistischen Partei, das aus den sechziger Jahren stammen musste und das die Arbeiter zur Revolution aufrief – Vaugans Vater war in der Partei, aber ihm war darüber nichts zu entlocken, wenn es nicht gerade um den Bass oder Schallplatten ging, hielt er sich äußerst bedeckt.

Bérangère war Lepelle eines Nachmittags begegnet, als sie ihren aktuellen Freund an der École-des-Beaux-Arts treffen wollte. Im Innenhof hatte gerade die Blaskapelle der berühmten Kunsthochschule geprobt, Lepelle war für die große Trommel zuständig. In einer Pause wagte er es, die junge Frau anzusprechen, die ihnen beim Spielen zugesehen hatte, während sie ihre Zigarette rauchte.

»Das war Mist, was du da gehört hast, ich kann mit der großen Trommel und dieser verstaubten Kapelle nichts anfangen. Schlagzeug, das ist mein Ding, ich will zu einer Band gehören, einer richtigen Band. Ich will Schlagzeuger werden.«

»Wie Charlie Watts?«, fragte Bérangère.

»Besser als Charlie Watts!«, antwortete Lepelle, »Charlie Watts ist nicht so gut, aber cool, dass du ihn erwähnt hast, von den Stones kennen die Leute meistens nur Mick Jagger oder Keith Richards. Stehst du auf Musik?«

Bérangère antwortete, dass sie singe. Vor zwei Monaten hatte sie eine Piano-Bar in einem Keller in der Nähe von Notre-Dame gefunden, L'Acajou. Das Vorsingen war gut gelaufen, und sie sang dort an zwei Abenden in der Woche von zehn Uhr bis Mitternacht für 150 Francs den Abend, ein schönes Taschengeld. Sie sang Lieder von Barbara, Gainsbourg und manchmal von Sylvie Vartan, aber ihr Ding, das war Bowie, und vor allem die Wave. Lepelle ging eines Abends vorbei und unterhielt sich mit dem Pianisten. Dieser war seinen eigenen Angaben zufolge ein bisschen »alt«, um eine Band aufzubauen, aber er kenne da einen »Kleinen« – der Sohn eines Freundes vom Militär –, der sehr gut am Synthesizer sei und Frédéric heiße. Er gab ihnen die Nummer, und Frédéric Lejeune machte mit. Synthesizer, Schlagzeug, Gesang, die ersten drei der Hologrammes spielten auf Freiluftkonzerten und auf kleinen Vorortbühnen.

Eines Abends wagte sich Lepelle vor. »Und wenn wir miteinander ausgingen?«, schlug er Bérangère vor. »Du bist schon echt hübsch.«

»Danke für das ›schon‹.«

»Nein, so war das nicht gemeint, das kapierst du doch …«

Peinliches Schweigen entstand, dann erhielt Lepelle seine Antwort: »Du bist klasse, Stanislas, aber ich stehe nicht auf dich.«

»Gut«, sagte Lepelle leichthin. »Lass uns die Band nicht damit belasten, ich habe ohnehin einiges laufen an der Hochschule, ich weiß gar nicht mehr, wohin mit all den Weibern«, log er.

Es wurde entschieden, die Band zu erweitern. Sie konnten nicht zu dritt bleiben, sie brauchten einen Bass und eine E-Gitarre. Außerdem wollten sie sich nicht mehr damit zufriedengeben, Cover zu spielen – sie mussten eigene Songs schreiben. Frédéric Lejeune komponierte zwar hübsche Melodien, aber es fehlte ihnen, Lepelle zufolge, »an Ehrgeiz«. Ein Gitarrist und ein Bassist würden einen neuen Ansatz mitbringen. Also setzten sie eine Annonce in *Rock & Folk*. Zehn Bassisten stellten sich vor, die meisten blieben weit hinter ihren Erwartungen zurück, bis Vaugan, ohne ein Wort zu sagen, seine Finger auf die Saiten legte.

Am Ende des Stücks schaute er auf. »Ich mach das nicht oft, das ist mein erstes Vorspielen«, murmelte er.

»Nun, es ist auch das letzte«, erwiderte Lepelle, »weil du bei uns bleibst. Findest du nicht auch, Bérangère?«

Dann fand das Vorspielen für die Gitarristen statt, und Alain wurde genommen. Die Hologrammes waren zu fünft.

Während Lejeunes Melodien sich weiterentwickelten, Bérangères Stimme immer sicherer wurde, Alain seine Soloeinlagen zwischen den Nächten, die er seinem Medizinstudium opferte, perfektionierte, Lepelle seine Kurse an der Kunsthochschule vernachlässigte, um an den »Drums« zu arbeiten, und Vaugan trotz der Vorbereitung auf seine Prüfung zum Schreinergesellen immer noch genauso gut spielte, machten ihre Songtexte ihnen nach wie vor Probleme. Lepelle hatte für drei Titel eine erste Rohfassung geschrieben, aber seine Texte waren recht erbärmlich: Es ging um geheimnisvolle Mädchen und eine endlose Nacht, im Mondschein durchwacht. Alain hatte versucht, einen Text zu schreiben, der aber niemanden überzeugt hatte, Vaugan wollte es gar nicht erst versuchen, genau wie Lejeune, und die von Bérangère hatten sie notgedrungen gespielt, auch wenn sie in der Band als zu »weiblich« galten.

Nachdem sich die Mietpreise für Studios, die diese Bezeichnung verdienten, als unerschwinglich herausgestellt hatten, hatten sie ein ganzes Wochenende lang ein paar Songs in der Garage von Vaugans Vater aufgenommen und dabei manchmal mitten im Stück unterbrechen müssen, wenn ein Motorroller vorbeifuhr oder der Hund des Nachbarn bellte. Der Klang war recht bescheiden, aber für ein Demotape reichte es. Bevor sie es an eine Plattenfirma schickten, brauchten sie ohnehin noch »ein echt fetziges Stück«, wie Alain es ausdrückte.

»Du hast recht, Alter«, hatte Lepelle entschieden, »wir brauchen einen Texter und ein richtiges Studio. Und dann müssen wir auf Englisch singen, wenn wir auf der ganzen Welt bekannt werden wollen. Indochine ist nicht genug für uns, Téléphone auch nicht. Wir werden besser als U2, besser als die Eurythmics, besser als Depeche Mode. Wir sind die Hologrammes und wollen ganz nach oben!«

Blaue Worte

Eine Idee war in ihm aufgekeimt. Eine Idee, die als Arzneimittel gegen dieses diffuse Gefühl von Schwermut und Ungerechtigkeit helfen sollte: Er würde Kontakt mit ihnen aufnehmen. Warum sollte er als Einziger wissen, dass sie einen Termin bei Polydor bekommen hatten – mit Songs, von denen er obendrein keine einzige Aufnahme mehr besaß. Unter Schmerzen stand Alain auf und ging in sein Sprechzimmer, dort stieß er sich beinahe an der Untersuchungsliege, ließ sich dann mit Mühe in seinen Sessel sinken und schaltete den Computer ein. Auch wenn sie mit der Musik keine Karriere gemacht hatten, waren manche Mitglieder der Hologrammes nicht unbekannt geblieben. Sébastien Vaugan war leicht zu orten – seine Billard-Schule, die ihm als Hauptquartier diente, stand in den Gelben Seiten, aber Alain wollte wenn möglich vermeiden, ihn um irgendetwas zu bitten. Der dicke, schüchterne Junge mit den goldenen Bassfingern war eine rechte Sau geworden. Vaugan, der nur noch mit seinem Nachnamen gerufen wurde – dreiundfünfzig Jahre alt, muskulös, schwarzes T-Shirt und Lederjacke, rasierter Schädel und loses Mundwerk –, war Kopf einer rechtsextremen

Splittergruppe, genannt *WMA*, *Weiße Macht des Abendlandes.* Er trieb schon seit mehreren Jahren im Netz sein Unwesen und war wegen Volksverhetzung, Beamtenbeleidigung gegen Polizisten und Richter und sogar wegen Journalistenbeleidigung verurteilt worden. Wie ein Phantom aus vergangenen Zeiten war er mehrere Jahre hintereinander und an den verschiedensten Orten wieder in Alains Leben aufgetaucht. Zuletzt war er ihm vor sechs Monaten in einem Restaurant begegnet, davor hatte er ihn im Baumarkt, auf dem Jahrmarkt am Palais des Tuileries und ein anderes Mal am Gepäckband am Flughafen Orly getroffen. Er war nie allein gewesen, sondern stets in Begleitung von jungen kurzhaarigen Männern mit grimmigem Gesichtsausdruck. Jedes Mal wirkte Vaugan ehrlich erfreut, Alain zu sehen, jedes Mal versprach dieser, mit ihm etwas trinken zu gehen, jedes Mal meldete er sich dann doch nicht, und Vaugan schien ihm das nicht nachzutragen. Alain fand jedoch eine erneute Begegnung, die dieses Mal zudem nicht aus Zufall geschähe, nicht zwingend notwendig.

Als die bunten Buchstaben von Google auf dem Bildschirm erschienen, tippte Alain »Stan Lepelle« ein. Ihr ehemaliger Schlagzeuger hatte seinen Vornamen von »Stanislas« zu »Stan« geändert und war ein aufsteigender Stern am Kunsthimmel. Vor zwanzig Jahren hatte er mit einer Installation aus dreißigtausend Anspitzern und Bleistiften zwischen den Säulen von Burens Werk *Les Deux Plateaux* auf sich aufmerksam gemacht. Er hatte dort eine Woche lang gesessen, Tag und Nacht, und hatte alle Stifte bis zum letzten so lange gespitzt, bis nur noch Späne übrig blieben, die von Assistenten aufgesaugt und von seinem Galeristen in eleganten Glasrahmen verkauft worden waren. Alain war mit seiner Familie hingegangen, aber es war verboten gewesen, den Künstler zu stören. Er hatte eines der Werke gekauft, das nun in seinem Ferienhaus in Noirmoutier hing. Seine Suche im Netz ergab viele Treffer, Alain überflog die Biographie auf Wikipedia, die die überall auf der Welt stehenden Installationen des Künstlers erfasste – riesige Skulpturen (ein Würfel, ein Schlüssel, eine Glühbirne …), die in einer Stadtlandschaft oder in der Natur standen und eine außergewöhnliche Wirkung hatten. Er ging auf Lepelles Homepage und entdeckte dort sein offizielles Foto, das ihn mit sehr kurzen Haaren und gerunzelter Stirn zeigte. Im Laufe der Jahre war Alain in Zeitschriften wie *Connaissance des arts* oder *Art actuel* immer mal wieder auf sein Gesicht gestoßen. Auf der Seite waren auch die zahlreichen Preise aufgelistet, die dem Künstler weltweit für seine Arbeiten verliehen worden waren. Der Reiter »Kontakt« oben auf der Seite führte zu der E-Mail-Adresse einer prestigeträchtigen Galerie in der Avenue Matignon. Alain notierte sie auf einem Schreibblock.

Als er »Frédéric Lejeune« eingab, tauchte eine beeindruckende Zahl von Frédéric Lejeunes auf. Keiner davon schien der Richtige zu sein. Zu Beginn der Nullerjahre hatte Frédéric ihm eine Broschüre seines neueröffneten Hotels in Thailand zukommen lassen. Sicher hatte er seine alten Adressbücher herausgekramt und die Broschüre an alle rausgeschickt, die er darin gefunden hatte. So hatte Alain erfahren, dass der ehemalige Pianist und Synthesizerspieler der Hologrammes sich entschlossen hatte, ein neues Leben in Thailand zu beginnen. Zuletzt hatte er nach dem Tsunami an ihn gedacht. Waren Frédéric und sein Hotel von der Flutwelle fortgespült worden? Aus reiner Neugierde hatte er mehrmals im Netz nachgeschaut. Es schien, als ob das »kleine Erholungsparadies im Land des Lächelns«, wie er sein Etablissement nannte, unversehrt geblieben war. Nachdem er ein paar Schlagworte zum Namen seines alten Kameraden hinzugefügt hatte, wie »Thailand« und »kleines Paradies«, stieß Alain auf die Seite des »Bao Thai Resort«, das immer noch als »kleines Erholungsparadies im Land des Lächelns« präsentiert wurde.

Als er »Bérangère Leroy« eintippte, spuckte die Suchmaschine erneut unzählige Gesichter aus, von denen keines Bérangère auch nur im Entferntesten ähnlich sah. Alain schloss die Seite wieder. Bérangère war unauffindbar, ihre Eltern besaßen einen Gasthof im Burgund, aber er hatte den Namen vergessen und war nie dort gewesen – nur JBM hatte sie da besucht. Zudem war Bérangère bestimmt verheiratet – Frauen heiraten, ändern ihren Namen und verschwinden aus den Telefonbüchern. Was JBM betraf, so brauchte Alain seinen Namen nicht bei Google einzutippen, er war außer Reichweite.

Eine Stunde später hatte Alain an die drei Adressen auf seinem Block eine E-Mail geschickt: Lejeune in Thailand, Lepelle über seine Galerie und Pierre Mazart, von dem er die Mail-Adresse seines Antiquitätengeschäfts gefunden hatte, Au Temps Passé am linken Seine-Ufer. Er war es gewesen, der *We are made the same stuff dreams are made of* geschrieben hatte. Ein Mann, der die Vergangenheit und Kunstgeschichte liebte, würde die Kassette vielleicht aufgehoben haben und ihm eine Kopie davon machen. Als Dank würde er irgendeinen Plunder in seinem Laden kaufen. Einen Mörser vielleicht, er hatte den aus weißem Marmor von seinem Vater zerbrochen – die Patienten mochten es, wenn ein paar alte, schwere Gegenstände in der Praxis standen, es beruhigte sie bezüglich der Fachkenntnisse des Arztes. Es war ein angenehmer Gedanke, seine Last mit anderen zu teilen, und Alain spürte, dass seine Rückenschmerzen ein wenig nachließen.

Bevor er den Computer ausschaltete, tippte Alain »New Wave« in die Suchmaschine ein. Nicht weniger als 34 Millionen Treffer tauchten auf. Wikipedia zufolge bezeichnete »New Wave« (in Anspielung auf die »Nouvelle vague« im französischen Film seit den späten fünfziger Jahren) »Jugendkulturen der achtziger Jahre, die sich im Zuge der Punk- und Post-Punk-Bewegung entwickelt hatten« und den Punk »um fremde Elemente (beispielsweise Synthesizer) erweiterten oder mit anderen Musikstilen kombinierten«, darunter elektronische, experimentelle, Disko- oder Pop-Musik. Die Seite listete auch die Unter-Genres auf: Synthie Pop, Electronic Wave, New Romantics und Cold Wave.

Zu kurz gefasst für Alain, für den New Wave und Cold Wave eine komplexe Fusion ergaben, aus der ein kühler und eleganter Sound entstanden war, der zugleich industriell und verschwenderisch klang. Bei den Beatles, Stones oder auch Led Zeppelin konnte man die einzelnen Instrumente heraushören, und die Studioaufnahmen unterschieden sich kaum von den Live-Aufnahmen. In weniger als zehn Jahren hatten Pioniere wie Kraftwerk mit Tonmischung und Nachbearbeitung einen ganz neuen Sound hervorgebracht, den die Eurythmics vollendeten. Auf Englisch gesungene Poesie zu ausgefeilten Melodien sollte die frühen achtziger Jahre bestimmen. Seiner Meinung nach hatte ein Song die Wave mit mehreren Jahren Vorsprung angekündigt, ein kühler, reiner, magischer Song. Auch wenn sie in der Band selten einer Meinung waren, in diesem Punkt stimmten sie alle überein: Dieser Song war genial. Für Alain war er der genialste, es war DER Song. Alle künstlerischen Versuche westlicher Poesie von Ronsard bis Baudelaire waren nur Vorentwürfe, nur unbestimmte und plumpe Versuche. Paul Éluard, André Breton, Apollinaire hatten sich in ihrer modernen Zeit diesem Ideal angenähert, ohne es je erreicht zu haben. Im begnadeten Jahr 1974 hatte es der Sänger und Songwriter Daniel Bevilacqua, genannt Christophe, mit Hilfe von Jean-Michel Jarre geschafft, das Gefühl der Verliebtheit und die lähmende Unmöglichkeit sie derjenigen, die man liebt, zu gestehen, in Worte zu fassen. Sie hatten *Les Mots bleus* geschrieben.

Alain hatte den Song immer wieder gehört, in diesen Jahren zwischen fünfzehn und zwanzig, wenn man Liebe wirklich empfinden kann. In diesem kurzen Augenblick der Existenz sind Körper und Geist so offen wie danach nie mehr – das Leben belastet das Gehirn und den Terminkalender mit tausend Scherereien: Lernen für die Abschlussprüfungen, Sorgen um die Zukunft, Praktika, Gehaltsverhandlungen, Geld, Verwaltungsformulare ... Diese Zeit kommt im Leben viel zu früh, in einem Alter, in dem, abgesehen von ein paar frühreifen Hochbegabten, was Flirten und Sex angeht, noch niemand bereit ist.

Alain sah sich als Jugendlichen in der Wohnung seiner Eltern, in seinem Zimmer, das später das seines Sohnes werden würde. Er lag auf dem Bett und hörte Christophes gepresstem und tragischem Gesang zu, der die wunderbare Geschichte eines Mädchens erzählt, das aus dem Rathaus tritt, und eines Jungen, der es ansprechen will. Die hypnotisierende Musik und die hallende Stimme des Sängers, die klang, als ob er die Strophen in einer romanischen Kirche vortrüge, versetzte ihn in einen Rausch, wie keine Droge es vermocht hätte. *Les Mots bleus* richteten sich an einen anderen Teil seines Gehirns, berührten hochsensible Zonen und ließen ihm Tränen in die Augen steigen. Der zweite Teil ließ ihn fast ohnmächtig werden:

Il n'y a plus d'horloge, plus de clocher,
Dans le square les arbres sont couchés.
Je reviens par le train de nuit
Sur le quai je la vois
Qui me sourit.
Il faudra bien qu'elle comprenne
A tout prix.

Keine Turmuhr mehr, kein Kirchturm mehr,
auf dem Platz ruhen die Bäume.
Ich sitze im Nachtzug
Und sehe sie am Bahnsteig stehen,
Wie sie mir ein Lächeln schenkt.
Sie muss es verstehen
Um jeden Preis.

Er sah sich an der Gare de Lyon an einem brütend heißen Sommerabend an einem verwaisten Bahnsteig aus einem Zug steigen, eine schwere Reisetasche in der Hand. Bérangère läuft in Zeitlupe auf ihn zu und wirft sich in seine Arme. Er spürt ihren bebenden Körper an seinem, riecht den Duft ihres zarten Nackens, ihres Haars, findet dann ihre Lippen, und seine Zunge bestürmt sie mit der Lust des Wiedersehens. In dieser kurzen Sequenz, die aus einem Film von David Lean hätte stammen können, aber deren Produzent, Regisseur und einziger Zuschauer er selbst war, gab es keinen Zweifel: Sie war seine Freundin. Getragen von der schmerzlichen Musik, konnte er nicht anders, als am Ende des Liedes hemmungslos zu schluchzen. Es war magisch. Ein grenzenloser Schmerz, wie er ihn nie zuvor empfunden hatte. Wie er ihn danach nie wieder empfinden sollte. Er war neunzehn Jahre alt, und Bérangère war nicht seine Freundin, sondern die eines jungen Mannes, der etwas älter war als sie und bereits gut verdiente. Er war es, der für die Aufnahme der vier Songs in einem luxuriösen Studio aufkam, das sie inklusive zwei Tontechnikern zu diesem Anlass gemietet hatten. Mit dreiundzwanzig Jahren war er bereits erfolgreicher Geschäftsmann. Er war der Bruder ihres Texters, hatte einen melancholischen Blick und das Lächeln einer Katze und wurde nur mit seinen Initialen gerufen: JBM.

Der Mann mit dem Lächeln einer Katze

Fast lautlos glitt der schwarze Lincoln durch die nächtlich leeren Straßen. Das iPhone in Aurores Tasche vibrierte seit einer halben Stunde unaufhörlich unter den eingehenden Nachrichten – ein regelrechter Pacemaker.

»Sie hatten recht, ich hätte nicht hingehen sollen«, bemerkte JBM, ohne den Blick von den vorbeigleitenden Fassaden zu wenden.

Aurore, seine Assistentin, antwortete nicht. Der Fahrer schaltete runter und steuerte den Lincoln in den Louvre-Tunnel, der zur Place des Pyramides mit der vergoldeten Statue von Jeanne d'Arc führte, vor der sich am 1. Mai die Rechtsextremen versammelten. Während er in die Lichter des Tunnels starrte, formulierten die Mitarbeiter des *Parisien* die Schlagzeile für den morgigen Aufmacher: *Wird er es?*, während die *Libération* über *Mazart, haben sie Mazart gesagt?* nachdachte. Das Wochenmagazin *L'Express* hatte in Windeseile eine neue Titelseite entworfen, die Redaktion musste diverse Aufputschmittel einnehmen, bis sie sich für *Warum kandidieren Sie nicht?* entschieden hatte. Beim *Figaro* zog man nach und bastelte an einem Dossier mit dem vorläufigen Titel *Wer ist Jean-Bernard Mazart?*

François Larnier, offizieller Kandidat für die internen Vorwahlen seiner Partei und Gast der Talkshow *Grand Débat*, hatte genau wie seine PR-Berater gedacht, dass JBM einen guten Gesprächspartner abgeben würde. Sie hatten dem Geschäftsmann einige Wochen zuvor eine Einladung geschickt, die JBM schließlich trotz Aurores Bedenken, sich in politische Debatten einzumischen, angenommen hatte. Die Sendung war bereits eine halbe Stunde lang gelaufen, als JBM unter den Argusaugen des zukünftigen Präsidentschaftskandidaten und seines Teams das Podium betrat. Der Moderator hatte kurz seine Karriere resümiert: Wirtschaftsstudium mit hervorragendem Abschluss, Auslandsstudium am MIT, Investor der ersten Stunde in der New Economy, heute Kopf einer der führenden börsennotierten Unternehmensgruppen Frankreichs, Arcadia, die weltweit fünfundvierzig Firmen umfasste, die an der Entwicklung von Computerprogrammen und Firewalls arbeiteten. Er war an Hunderten von Webprodukten beteiligt. JBM war mit einem unglaublichen ökonomischen Gespür gesegnet. So hatte er die Immobilienkrise drei Monate vor dem Börsencrash in einem Interview vorausgesagt, das damals kaum Aufsehen erregt hatte. Zuvor hatte er auch schon das Platzen der Dotcomblase vorhergesehen und bereits in den französischen Internetvorläufer Minitel investiert, als die Nutzer noch eine bloße Spielerei darin sahen. Seine Gegner warfen ihm vor, allzu simple Wirtschaftstheorien zu verbreiten. Er entgegnete ihnen, dass er nur seinen »gesunden Menschenverstand« nutze, fand, dass der Markt, so komplex er auch sein möge, immer auf die uralte Regel von Angebot und Nachfrage zurückkomme: Jemand hat etwas zu verkaufen, und ein anderer ist bereit, dieses Produkt zu kaufen – oder eben nicht. Die Journalisten mochten ihn, weil er ihnen einfache Beispiele für leicht verständliche Artikel lieferte. Die Immobilienkrise hatte er wie folgt vorhergesagt: »Stellen Sie sich vor, Sie wollen einen Elefanten in eine Wohnung bekommen. Die Türen und Wände sind dabei sicher ein Hindernis. Doch Sie können natürlich die Türen vergrößern und die Zwischenwände einreißen, aber das eigentliche Problem liegt woanders. Das wirkliche Problem ist das Parkett, es wird unter dem Gewicht des Elefanten einbrechen und das Tier, Sie selbst und sehr wahrscheinlich die Böden aller darunterliegenden Nachbarwohnungen mit sich reißen. Die Analysten sehen zurzeit nur das Problem der Türen und der Zwischenwände – ich sehe das Parkett. Sie sehen nur den Umfang des Tieres – ich sehe sein Gewicht.« Wegen seiner Geschichte von dem Elefanten und dem Parkett hatte man ihn in den Wirtschaftsredaktionen verspottet. »JBM kommt uns mit einem Kinderlied, einem Dumbo, der seine magische Feder nicht gefunden hat«, hatte ein bekannter Finanzberichterstatter geschimpft, »er war vielleicht ein Visionär in Sachen Internet, aber seine Wirtschaftsanalysen lassen zu wünschen übrig.« Eine Satirezeitung hatte ihn sogar als Zirkusdompteur gezeigt, der mit einem Reifen in der Form Frankreichs darauf wartet, dass ein Elefant hindurchspringt. Einen Monat später war den Journalisten das Lachen vergangen, und allein die Erwähnung von JBM ließ sie zusammenzucken wie eine Auster unter einem Tropfen Essig. JBM war außerdem dafür bekannt, in nur zwei Monaten – obwohl die Regierung drei Jahre vorgesehen hatte – das Militärprogramm Louvois ausgetauscht zu haben. Das stark fehlerhafte Louvois hatte es nie geschafft, Frankreichs Militärs ihren genauen Sold zu zahlen, und war ein heißes Eisen, das niemand anzupacken wagte. Nachdem es von Vauban, Arcadias jüngster Schöpfung, ersetzt worden war, geschah nie mehr ein einziger Fehler bei den Zahlungen.

Als JBM nun auf dem Podium begann, in einfachen Worten zwei Krisenszenarien zu beschreiben, verstanden alle genau, was er meinte – eine Seltenheit in einer politischen Debatte. Als er weiter über die französischen Staatsschulden und dann über die Berufe der Zukunft sprach, verstanden ihn immer noch alle genau, und die anwesenden Journalisten warfen sich Blicke zu. Die für JBM vorgesehene Zeit war bereits seit über einer Minute abgelaufen, der offizielle Kandidat war vergessen – sein PR-Berater versuchte panisch, die Aufmerksamkeit des Moderators zu erregen, doch der übersah ihn einfach. Immer weiter wurden Fragen auf JBM abgefeuert, und auf jede hatte er eine Antwort: die hochverschuldeten Firmen, der Einfluss Brüssels auf strategische Entscheidungen Frankreichs, die Arbeitszeit, die Rente … In den sozialen Netzwerken stiegen die Kommentare zu »JBM – Jean-Bernard Mazart« exponentiell an. Der Redaktionspraktikant, der dazu verdonnert war, mit halbem Auge die »Likes«, Kommentare und geteilten Beiträge auf der Facebookseite der Sendung zu verfolgen, fragte sich, ob sie keinen Hänger im Server hatten, als jede Sekunde neue Nachrichten auftauchten. Die Einschaltquote war in der letzten Viertelstunde um dreißig Prozent gestiegen. Drei Minuten später hatte die Sendung von allen Kanälen die höchste Einschaltquote.

Schließlich kam Jean-Jacques Bourdin, der alte Haudegen vom Nachrichtenkanal, seinen Kollegen zuvor; ihm war bewusst, dass er in jenem Augenblick in die Geschichte des Fernsehens – und vielleicht sogar Frankreichs – einging: »Eine letzte Frage, sie ist ganz einfach: wir befinden uns sechs Monate vor den nächsten Präsidentschaftswahlen, warum kandidieren Sie nicht?«

Aurore zuckte zusammen, sie fing für einen Sekundenbruchteil Bourdins Blick auf und gab ihm wortlos zu verstehen, dass sie ihn, wenn sie die Gelegenheit dazu bekäme, von seinem Sessel zerren und sein Gesicht bis aufs Blut zerkratzen würde. Irritiert hob JBM die Brauen, lächelte dann aber.

»Ihre Assistentin schaut mich so scharf an«, scherzte der Journalist.

Die Kamera zeigte daraufhin Aurore, deren Miene sofort wieder undurchdringlich wurde.

»Nun kommen Sie, antworten Sie mir«, insistierte Bourdin.

Stille breitete sich aus. JBM drehte sich zu dem offiziellen Kandidaten um, der längst begriffen hatte, dass er sich mit der Einladung des Arcadia-Chefs selbst ins Bein geschossen hatte.

»Nein, wirklich, ich denke nicht«, sagte er dann mit einem Lächeln.

»Wirklich nicht?«, hakte Jean-Jacques Bourdin kühl nach.

In diesem Moment waren die Leitungen explodiert, jede Sekunde tauchten zweihundert Tweets auf.

»Sind Sie sicher?«, hakte der Journalist vor seinen Kollegen weiter nach, die ihn am liebsten live gelyncht hätten, weil er ihnen die Sensationsmeldung geklaut hatte.

»Nun«, sagte JBM entschieden, »dabei soll es heute Abend bleiben.«

Er stand auf, schüttelte den Journalisten die Hände, drückte die feuchte und eiskalte Hand des Präsidentschaftskandidaten, der ihm auf seinem Weg durchs Studio mit den Augen folgte und dabei dachte, dass dieser Mann sein Untergang war. Dass er bei seinem letzten Atemzug JBMs schmale Silhouette und seine grauen Haare im Gegenlicht der Bühnenscheinwerfer vor sich sehen würde.

Der Lincoln hielt auf dem Kiesweg. Max, der Fahrer, öffnete JBM und Aurore die Tür, und sie stiegen die Treppe zum Haus hinauf. Aus dem Wohnzimmer hörte man den Fernseher. Auf dem Flachbildschirm präsentierte François Larnier gerade mit gezwungener Überzeugungskraft seine Vorschläge zur Bekämpfung der Jugendarbeitslosigkeit. Er zählte sie wie ein Kind an den Fingern ab und runzelte die Stirn, was, so hoffte er zweifellos, seiner Vorstellung eine männliche Note verleihen würde. Blanche stellte den Ton leiser und applaudierte leise, ohne sich zu ihrem Mann umzudrehen.

»Du wirst der nächste Präsident in diesem Land«, sagte sie, »und ich kenne mich aus, schon mein Vater kannte sich damit aus. Domitile Kavanski hat angerufen«, fügte sie hinzu und nahm sich ein Petit Four von dem Tablett neben sich.

»Wer?«, fragte JBM.

Blanche drehte sich in dem weißen Ledersessel herum, ein spöttisches und zugleich resigniertes Lächeln auf den Lippen. »Domitile Kavanski«, wiederholte sie bestimmt.

Dieser Name, der sanft begann und wie ein Peitschenschlag endete, verhieß nichts Gutes. JBM sah zu Aurore.

»Hat sie Sie nicht erreicht, Aurore?«

»Doch«, antwortete Aurore, »sie hat mir fünf Nachrichten geschickt.«

»Und das sagen Sie ihm nicht?«, rief Blanche aus.

»Ich habe auf den richtigen Moment für diese Information gewartet. Sie ist die Nummer eins unter den PR-Beratern«, sagte sie an JBM gewandt.

»Du rufst sie sofort zurück«, ließ Blanche hören.

»Kommt nicht in Frage«, antwortete JBM.

»Ich mache mich jetzt besser auf den Weg …«

»Nein, gehen Sie nicht, Aurore«, entgegnete JBM. »Wollen Sie hier übernachten?«

»Ich fahre nach Hause, JBM.«

»Gut, ich begleite Sie hinaus.«

»Jetzt rückt mir auch noch Blanche damit auf die Pelle, mir reicht's!«, fluchte JBM, als sie durch den Flur gingen.

»Ich kann Ihnen wirklich nur Glück wünschen«, bemerkte sie schlicht.

Max stieg aus dem Auto und öffnete die Wagentür. Bevor Aurore die Treppe hinabgehen konnte, hielt JBM sie am Arm fest: »Hör mal, was sollen wir deiner Meinung nach tun?« In solchen Momenten vergaß er, sie zu siezen.

Das galt nicht für Aurore, die sich auf die Lippe biss und einen Moment verstreichen ließ, bevor sie antwortete: »Sie spielen das Spiel mit. Ein bisschen Pressearbeit mit Kavanski wird Ihnen einen Konflikt mit Blanche ersparen, Sie sind bereits bekannt, Sie werden einfach noch bekannter werden, und wenn die Welle ansteigt, lassen Sie sie steigen und halten sich zurück, und dann …«

»Dann?«

»Ziehen Sie sich geschickt zurück, Sie geben ein Interview wie Jacques Delors 1994 in *7 sur 7*. Und zack ist der ganze Spaß vorbei.«

»Und zack«, murmelte JBM. »Nicht dumm, überhaupt nicht dumm.«

»So machen wir es allen recht und uns am Ende aus dem Staub, Ende der Geschichte.«

»Ich wüsste nicht, was ich ohne Sie tun würde.«

Aurore lächelte nur achselzuckend und ging zum Wagen.

»Wie alt waren Sie 1994?«, rief ihr JBM hinterher.

»Zwölf!«, antwortete Aurore prompt.

Max schloss die Wagentür mit einem dumpfen Schlag, die Scheinwerfer gingen an und das Auto fuhr auf dem Kiesweg davon. JBM kehrte ins Haus zurück.

»Sie sprechen nur von dir!«, rief Blanche ihm aus dem Wohnzimmer zu.

JBM ging in die Küche und schenkte sich ein Glas Chablis ein.

Blanche

Sein Lincoln mit Fahrer ist der einzige Luxus, den JBM sich gönnt, sonst besitzt er lediglich eine Achtzig-Quadratmeter-Wohnung in Paris, in der er seit Jahren nicht mehr wohnt und die er auch nicht vermietet. Abgesehen von dieser Wohnung, drei Briefbeschwerern und seinen alten Kalendern, würde sein Besitz in einen einzigen Koffer passen. Fünfundsiebzigtausend Euro für einen Flug nach New York und zurück in einem Fan Jet Falcon hält er für lächerlich und vollkommen überflüssig. Er hat immer Linienflugzeuge benutzt. »Du bist ein Asket«, habe ich oft zu ihm gesagt, »du bist hier mit deinem Koffer und deinen Büchern angekommen, und seit achtundzwanzig Jahren besitzt du nicht mehr als das. Du hast nur den Lincoln ausgetauscht und den Fahrer, weil der alte in Rente gegangen ist. Ach, doch, du hast dir eine Uhr gekauft …« Das ist wirklich das Einzige, was ich ihn habe kaufen sehen, eine Breguet, eine Uhr fürs ganze Leben, so muss er sich nie wieder eine kaufen. Ich habe diesen Mann nie verstanden – er ist dazu gemacht, allein zu leben, mit einem Computer, einer Flasche Wasser und einem Chauffeur. So könnte man ihn monatelang allein lassen, ohne dass er daran etwas auszusetzen hätte. Er meidet die Rei-

chen, nimmt nie Geschenke an, weicht Einladungen aus. Die Leute spüren seine Zurückhaltung, diese Diskretion. Sie halten ihn für geheimnisvoll, aber da gibt es kein Geheimnis, mein Mann ist der einzige französische Firmenchef, der zu Mittag allein an einem Bistro-Tresen ein Ei mit Mayonnaise und ein Mineralwasser zu sich nimmt. Er hat nie Geld dabei, wenn sich in seinem Portemonnaie zwei Euro finden lassen, ist das eine echte Sensation. Ich glaube tatsächlich, dass er Geld nicht leiden kann. Als wir uns kennenlernten, lebte er in einem Hotel, das natürlich keine Absteige, aber auch kein Luxushotel mit jedem Schnickschnack war. Ich war fasziniert von diesem hochbegabten Mann, der nichts besaß, keine Wohnung, kein Haus, keine Bilder. Nichts, außer einem amerikanischen Auto mit Chauffeur. Sein Koffer lag stets auf dem Gestell im Hotelzimmer, er hatte seine Sachen nicht einmal in den Schrank gehängt. Als wolle er am Ende des Tages oder noch in derselben Stunde abreisen. Ich fragte ihn: »Seit wann lebst du denn hier?« Er ließ sich mit der Antwort Zeit: »Drei Jahre, glaube ich, vielleicht vier. Ich weiß es nicht mehr genau«, hat er zu mir gesagt. »Und warum ausgerechnet hier?« »Ich habe hier mal zu Mittag gegessen«, sagte er, als ob das eine Erklärung dafür wäre, dass er vier Jahre später noch immer dort wohnte. In der Suite 418. Als ich nach Hause kam, erschienen mir alle in meiner Umgebung hochnäsig und selbstgefällig, vollkommen oberflächlich. Ich dachte nur an ihn, in seiner Suite 418. Als er seine Wohnung kaufte, hatte er Schwierigkeiten, sich daran zu gewöhnen, er fand sie zu groß. Also vermietete er sie und kehrte in sein Hotelzimmer zurück. Von da an ging alles sehr schnell. Meine Eltern starben beide im selben Jahr, fünf Monate nacheinander. Niemand kann nachempfinden, wie schwierig es ist, seine Trauer mit der Presse zu teilen, wie falsch sich das anfühlt. Es wurde nur noch davon berichtet: »Blanche de Caténac, die Erbin« titelten die Zeitschriften, mit Fotos von mir mit einer dunklen Sonnenbrille. Ich kann nichts dafür, dass ich eine Hornhautschwäche habe und mir helles Licht in den Augen weh tut. Mit der Sonnenbrille muss ich auf sie gewirkt haben, als hätte ich die Allüren eines Filmstars, damit konnten sie spielen. Die Magazine schrieben eine Familiensaga, machten mich zur Projektionsfläche für Phantasien, die von amerikanischen Serien wie Dallas *und* Denver-Clan *inspiriert waren, und überzogen mich mit der Trash-Kultur der achtziger Jahre, so wie man in alten Westernfilmen die Sünder geteert und gefedert hat. Der ganze Besitz der Firmengruppe Caténac wurde in den Zeitungen aufgeführt: Luxushotels, Kasinos, Restaurants. Dabei war das nur die sichtbare Spitze des Eisbergs, sie wussten nichts von den Beteiligungen im Ausland, von den Hotel-Ketten, Wellnessanlagen und Bürogebäuden in zahlreichen Ländern. JBM war da, an meiner Seite. Allein seine Gegenwart beruhigte mich, darüber schreiben die Journalisten nie, aber JBM ist beruhigend, seine Gelassenheit und sein katzenhaftes Lächeln wirken besser als alle Beruhigungsmittel der Welt. Wenn er da ist, hat man vor nichts mehr Angst, weil er selbst keine Angst hat, niemals. Ich kann nicht sagen, dass er mir dabei geholfen hat, die Firmengruppe zu übernehmen, mein Vater hatte mir das alles schon lange Zeit zuvor erklärt, und seine zwei treuen Berater, die seit über fünfundzwanzig Jahren an seiner Seite gearbeitet hatten, waren da, um mich zu unterstützen. Das Herrenhaus mit Park mitten in Paris gehörte nun mir. »Geh nicht in dein Hotel zurück, komm zu mir«, habe ich gesagt. »Komm zu uns.« Ich erinnere mich sehr gut, dieses »Komm zu uns« ausgesprochen zu haben. Und so heirateten wir und bekamen Kinder, und dieses Mal stellte JBM seinen Koffer hinten in den Schrank. Als er einmal verreist war, habe ich den Koffer hervorgeholt und der Haushälterin gesagt, sie solle ihn wegwerfen. Ich tat es, damit er ihn nie wieder benutzen, damit er nicht fortgehen konnte. Eines Tages sagte er: »Das ist wirklich merkwürdig, wo ist mein Koffer hingekommen? Ich war sicher, ihn hierher gestellt zu haben.« Ich habe mit den Schultern gezuckt und gemurmelt, das wisse ich leider nicht. Ich glaube, ich habe JBM auch geliebt, weil meine Eltern ihn mochten, vor allem mein Vater. Er verstand nicht viel davon, was JBM tat und noch weniger von diesem Netz, das er für die Zukunft hielt, aber sein Erfolg beeindruckte ihn. Ein junger Mann von sechsundzwanzig Jahren, der schon zwei Millionen Francs verdient hatte, das war nicht gerade gewöhnlich. Seine Investitionen in den rosa Minitel haben wir vor meiner Mutter verheimlicht. Sie hätte es gern gesehen, wenn ich mit dem Erben eines Firmenimperiums wie unserem ausgegangen wäre. JBM entstammt der Mittelschicht, sein Vater war Anwalt und seine Mutter Dekorateurin, aber niemand ist mit den Caténacs vergleichbar. Als einzige Tochter wurde ich geschmückt, angekleidet und zu auserwählten Veranstaltungen geschickt, ich habe sogar an diesem lächerlichen Debütantinnenball teilgenommen. Als das Internet schließlich kam, so wie JBM es prophezeit hatte, nahm Arcadia – die von ihm gegründete Firma, die eine der Hauptakteurinnen bei den neuen Technologien geworden war – die Digitalisierung der Caténac-Gruppe in die Hand. Damals hörte ich dieses Wort zum ersten Mal: Digitalisierung. Außer ihm benutzte es niemand. JBM begleitete mich zur Sitzung des Firmenrates und stellte einen Zehnpunkteplan mit dem Titel »Zweite Welt« vor. Er sprach von der realen Welt, in der die Firma seit ihrer Gründung agierte, und einer anderen, die sehr bald entstehen würde: eine »Spiegelwelt« aus entmaterialisierten Transaktionen mit realen Kunden. Die Mitglieder hörten ihm mit einer Mischung aus Verblüffung und Faszination zu. Er sagte voraus, dass Kunden selber online Hotelzimmer reservieren würden, vom anderen Ende der Welt und keineswegs über Agenturen, sondern von ihren eigenen Computern aus, er sprach von »Plattformen«, die noch nicht Websites hießen, auf denen Kasinospieler im Netz mit ihren Kreditkarten ihren Einsatz bestimmen konnten. Er sagte mit Nachdruck, sie müssten als Erste auf diesen Zug aufspringen, denn danach werde er nie wieder vorbeifahren. Ich sehe noch genau vor mir, wie er in seinem Vortrag innehielt und seinen Blick auf die Versammlung richtete: »Es wird keine zweite Chance geben, glauben Sie mir. Hier geht es nicht um logistischen Fortschritt, sondern um einen Paradigmenwechsel. Wer nicht auf diesen Zug aufspringt, bleibt in der alten Welt zurück. Firmen werden zugrunde gehen und zwar schonungslos, sie werden blitzschnell ihr Ende erleben.«*

Ich habe ihn unterstützt, die Mitglieder des Rates stimmten mit einer knappen Mehrheit für seinen auf drei Jahre angelegten Aktionsplan. Bei zehn von zehn Punkten hat ihm die Zukunft recht gegeben. Als unsere Konkurrenz panisch wurde, weil sie den rasanten Aufstieg des Webs erkannte, waren wir bereits seit mehr als zwei Jahren bereit. Was die anderen von Grund auf neu aufbauen mussten, hatten wir nur noch zu verbessern. Viele Jahre später trat JBM auf Kodak zu, um sich bei ihnen einzukaufen und in diesem Zuge vorzuschlagen, die Patente der digitalen Bildfixierung für 200 Millionen Dollar zu kaufen, in der seiner Meinung nach die Zukunft der Fotoapparate lag, und so den digitalen Wandel im Bereich Fotografie voranzutreiben. Das Unternehmen lehnte seinen Vorschlag ab und wertete seinen Vorstoß als Versuch einer Übernahme. »Sie verstehen nicht, dass ich sie retten will«, wiederholte er immer wieder. Kaum ein Jahr später musste Kodak, ein Imperium, das fast ein Jahrhundert lang Filme für Fotografie und Kino in der ganzen Welt marktführend produziert hatte, Bankrott erklären und verschwand von der Bildfläche.

Dank JBM verdiente die Caténac-Gruppe Millionen, Hunderte Millionen. Mein Mann ist ein Genie. Viele Frauen erträumen sich so einen Mann. Er hat mir zwei intelligente Söhne geschenkt. Alles ist gut, alles ist perfekt. Aber habe ich ihn je geliebt? Bin ich überhaupt fähig zu lieben? Mein Leben besteht seit jeher aus eleganten Umgangsformen, Etikette, Geld, Beziehungen. Nicht aus Liebe. Leichtigkeit und Sorglosigkeit habe ich nie kennengelernt. Ich glaube, JBM auch nicht. Das ist un-

sere größte Gemeinsamkeit, habe ich mir oft gesagt. Zwei Menschen liebt er: seinen Bruder, seinen exzentrischen Bruder mit dem enzyklopädischen Wissen, seinen Kunstobjekten, seinen Kunstauktionen und seinem dekadenten Dandy-Gehabe. Seinen Bruder, ja, und Aurore, seine Assistentin. Die unvermeidliche Aurore Delfer. Ich glaube, wenn JBM eine seiner genialen Listen schriebe, eine mit dem Titel »Was würden Sie auf eine einsame Insel mitnehmen?«, würden die Urne mit Pierre Mazarts Asche und Aurore als Erstes aufgeführt. Ich würde erst darunter auftauchen. Vielleicht würde er sogar vergessen, mich zu erwähnen.

675 × 564

Im Auto öffnete Aurore ihre Handtasche und holte die neueste Ausgabe des *Forbes*-Magazins heraus. Die Zeitschrift war am Nachmittag per Kurier gebracht worden, aber sie hatte noch keine Zeit gehabt, sie zu lesen. Sie blätterte bis zu dem Artikel, den sie suchte: *Tycoon's Angels.* Eine Reportage über persönliche Assistentinnen. »Sie sind jung, sie sind schön, sie leben im Schatten der Mächtigen der Finanzwelt, sie kennen Geheimnisse, die sie niemals preisgeben würden«, begann der Artikel im unvergleichlichen Stil des Geld-und-Glamour-Magazins. Es folgten Interviews mit sechs Assistentinnen aus verschiedenen Ländern, mit Fotos von ihnen und ihren Chefs.

»Wir haben mit sechs von ihnen gesprochen, die in diesem speziellen und faszinierenden Beruf tätig sind. Von den USA bis Japan, über Frankreich und Russland«, schrieb die Journalistin voller Begeisterung, »besteht die Aufgabe eines *personal business assistant* in der Organisation von Geschäftsreisen und Meetings, der Redaktion und Zusammenstellung von Dossiers, der Recherche nach Informationen und der Entscheidungshilfe. Der Chef und seine Assistentin müssen sich perfekt verstehen. In diesem Verantwortungsbereich wird Berufliches und Privates vermischt. Das ›persönlich‹ in der Bezeichnung macht den ganzen Unterschied, denn diese Positionen können durch die Nähe, die bei der Arbeit entsteht, emotional sehr belastend sein. ›Man darf nicht vergessen, dass es nur Arbeit ist!‹, betont Jenny Davis (Seite 55). Die Stelle erfordert die gleichen Kompetenzen wie die einer Assistentin der Geschäftsführung, in Hinblick auf die zahlreichen internationalen Kontakte mit einem besonderen Schwerpunkt auf Fremdsprachen. Es kann sehr befriedigend sein, von einem wichtigen Unternehmenschef angehört zu werden und zu erleben, wie er seine Meinung zu einem Sachverhalt ändert. Die persönliche Assistentin ist ein wichtiges Bindeglied, und alle Kontakte des Geschäftsmanns kennen sie. Sie ist die letzte Hürde vor einem direkten Zugang zu ihm, die ›unsichtbare Mauer‹, wie Aurore Delfer es nennt (siehe Interview Seite 57).«

Aurore blätterte zwei Seiten weiter zu dem Interview mit ihr, illustriert mit einem Foto, das ein Jahr zuvor nach einer Konferenz in London aufgenommen worden war. Das iPhone mit der Schulter ans Ohr geklemmt, zeigte sie auf einen Fotografen und hatte die andere Hand auf JBMs Schulter gelegt, der nach vorne schaute. »*More than a bodyguard!*«, hieß es in der Bildunterschrift. »*Aurore Delfer, personal assistant of French economist and businessman Jean-Bernard Mazart, also known as JBM, probably the most discreet* … Vermutlich die Diskreteste in unserer Liste, aber auch eine der Einflussreichsten. Ehemals Assistentin des Generalsekretärs der Europäischen Kommission, hat sie vor sieben Jahren ihren Posten aufgegeben, um JBM zur Seite zu stehen und mit sechsundzwanzig Jahren die jüngste Assistentin einer so einflussreichen Persönlichkeit zu werden. JBM und Aurore, zweifellos eines der anziehendsten Zweiergespanne unserer Serie.« Aurore musste an diese Porträts in Magazinen denken, für die Stars gebeten werden, ihr Haustier zu zeigen und mit ihm zu posieren. Sie überflog flüchtig das Interview, das sie bereits einen Monat zuvor gegengelesen und freigegeben hatte.

»Forbes: Sie sind die jüngste unserer sechs Assistentinnen in dieser Kategorie …

Aurore: Ich habe sehr jung angefangen und bin allen, die an mich geglaubt haben, sehr dankbar.

Forbes: Erhalten Sie Angebote von anderen Unternehmensvorständen?

Aurore: Das ist vorgekommen.

Forbes: Und Sie haben nie zugesagt?

Aurore: Wie Sie sehen.

Forbes: Man nennt Sie die »unsichtbare Mauer«. Missfällt Ihnen das?

Aurore: Ich habe mich daran gewöhnt, und wenn man darüber nachdenkt, ist es eine ziemlich genaue Beschreibung unseres Berufes, zumindest eines Teils davon. Abgesehen von Familienmitgliedern und Freunden hat zum Beispiel niemand JBMs Handynummer, alles geht über mich.

Forbes: Im Französischen gibt es den Unterschied zwischen Sie und Du. Duzen Sie sich?

Aurore: Nein, wir siezen uns. Ich denke, wir werden uns niemals duzen können. Aber das ist gut so.

Forbes: Wie haben Sie JBM kennengelernt?

Aurore: Das war vor sieben Jahren, ich war eine der Assistentinnen von Mario Moncelli (Generalsekretär der Europäischen Kommission, Anm. d. Red.). JBM war Gast einer Konferenz zur Digitalen Entwicklung im Parlamentsgebäude. Beim Empfang bin ich auf ihn zugegangen und habe ihm gesagt, dass ich gern für ihn arbeiten würde.

Forbes: Es fehlt Ihnen nicht an Chuzpe!

Aurore: Nein, da haben Sie recht.

Forbes: Warum wollten Sie für ihn arbeiten?

Aurore: Genau die gleiche Frage hat er mir auch gestellt. Ohne meine Antwort abzuwarten, hat er mich dann gefragt, was 675 multipliziert mit 564 ergibt.

Forbes: Und?

Aurore: 380 700. Er war überrascht, dass ich die Antwort wusste, und hat mir sofort weitere Aufgaben gestellt. Jedes Mal habe ich ihm das richtige Ergebnis genannt. Wir sind beide in der Lage, schwierige Rechenaufgaben im Kopf zu lösen. Das hat sofort Verbundenheit geschaffen. Danach habe ich das Team von Mario Moncelli verlassen, um bei Arcadia als zweite Assistentin anzufangen. Sechs Monate später hat JBMs Assistentin eine neue Herausforderung gesucht – wie es in unserem Beruf oft vorkommt –, und JBM hat mir angeboten, direkt an seiner Seite zu arbeiten.«

Aurore schloss die Tür zu ihrer Wohnung auf. Dahinter warteten kein Mann, keine Kinder, kein Hund, keine Katze. Nichts, nicht mal mehr ein Freund. Der letzte hatte es nicht ertragen, dass seine Freundin fast nie zu Hause war und fünfmal so viel verdiente wie er. Im Flurspiegel schaute ihr eine hübsche junge Frau mit langen blonden Haaren entgegen, die trotz der Müdigkeit einen durchdringenden Blick hatte. Ihr Handy vibrierte leise.

JBM
Gute Nacht Aurore, danke, dass es Sie gibt.

Verjüngung

Wer ist JBM?« Die Frage prangte auf der Titelseite des *Figaro* über einem Foto des Geschäftsmanns. Seine Haare waren inzwischen grau, an den Schläfen fast weiß, aber er hatte sich den ein wenig melancholischen Blick, das katzenhafte Lächeln bewahrt. Seine Hände hatte er ineinandergelegt, man konnte die Manschettenknöpfe mit den Cabochons erkennen. Das Foto musste bei einer Konferenz aufgenommen worden sein – er schien aufmerksam zuzuhören. Der *Figaro* erwähnte nichts, was Alain nicht schon gewusst hatte. Nur eine Information fehlte: dass JBM 1983 der Finanzier einer Gruppe mit dem Namen Hologrammes gewesen war. Er und Véronique hatten die Sendung am Vorabend gesehen, während sie ein Croque Monsieur aßen. Der Anblick von François Larnier war ihm gut im Gedächtnis geblieben, sein Blick, in dem in einem Sekundenbruchteil die totale Panik aufgeflammt war, was der Kamera nicht entgangen war. Dem Unglücklichen war der Boden unter den Füßen weggerissen worden. JBM hatte ihn ohne die geringste Berechnung vernichtet, so wie diese Typen, die ihr Haustier zerquetschen, weil sie in der Garage versehentlich den Rückwärtsgang einlegen. Man hört ein lautes Quieken, dann nichts mehr. Bello ist tot. Der Präsidentschaftskandidat hatte nicht einmal gequiekt. Er hatte sich still und leise zermalmen lassen – recht tapfer im Übrigen. »War er nicht mit eurer Sängerin zusammen?«, hatte Véronique gefragt. Alain hatte sich auf ein schlichtes »Ja, das war er« beschränkt.

Heute Morgen hatten seine Rückenschmerzen *ein wenig* nachgelassen.

»Ich habe mich bei den anderen gemeldet«, verkündete Alain und faltete die Zeitung wieder zusammen.

Den Satz hatte er in dem gelehrten und endgültigen Ton gesagt, den er meistens für »Ich werde Ihnen Antibiotika verschreiben« verwendete.

»Einer von ihnen hat bestimmt noch eine Kassette«, fuhr er fort, nicht nur, um Véroniques Zustimmung einzuholen, sondern auch, um sich selbst zu überzeugen.

Véronique, die bereits perfekt frisiert und angekleidet aus dem Badezimmer zurückgekehrt war, nickte: »Das ist gut, das wird dich beschäftigen. Also, wen triffst du zuerst? Deinen Freund Vaugan?« Die Ironie war nicht zu überhören.

»Aber nein, nicht ihn, sicher nicht«, antwortete er gekränkt. »Ich habe eine Mail an Frédéric Lejeune geschickt, aber er ist in Thailand …«

Véronique zog die Augenbrauen hoch und schürzte ein wenig die Lippen, was den Wahnwitz seines Vorgehens zu unterstreichen schien.

»Dann habe ich Stan Lepelle geschrieben, über seinen Galeristen«, fuhr er fort, »und Pierre Mazart, JBMs Bruder, er ist Antiquitätenhändler.«

»Wo?«

»In Paris.«

»Warum eine Mail? Er hat einen Laden, mit Öffnungszeiten, geh ihn besuchen, das bringt dich aus dem Haus, du bist seit einer Woche nicht draußen gewesen. Zieh dich an, kämm dich, rasiere dich … Du willst ja wohl nicht dein ganzes Leben im Schlafanzug verbringen.«

Alain entgegnete nichts und stand auf, um sich eine weitere Dosis Nespresso zu holen, während er dachte, dass Véronique heute Morgen wirklich einen aufgeweckten Eindruck machte.

Während er tagelang Schmerzen gelitten hatte und immer weiter abbaute, hatte er das Gefühl, dass Véronique im Gegenzug umso früher aufstand und von einer Energie erfüllt war, wie er es seit Monaten nicht mehr erlebt hatte. Eines Nachmittags hatte er sich gefragt, ob sie nicht einen Liebhaber hatte, ohne darauf zu kommen, wer in ihrem Umfeld dafür infrage kam. Im Grunde war es für eine Vielzahl von Männern, die ihrer Frau überdrüssig geworden waren, eine bequeme Lösung, sie den Armen eines anderen zu überlassen. Sie kamen aufgekratzt und rosig von ihren Eskapaden zurück, und das Zusammenleben wurde um einiges angenehmer. Der Liebhaber sah ohnehin nur die guten Seiten seiner Partnerin; die Alltagssorgen, die Pflichten, alles, was die Liebe allmählich zum Erlöschen bringt, blieb ausgespart. Für die Dauer einer Umarmung warfen beide den Ballast ihres Lebens ab und nahmen ihn danach wieder auf. Alain hatte darüber nachgedacht, ob er sich nicht auch eine Geliebte zulegen sollte. Also war er im Geist die Frauen durchgegangen, die er kannte und die sich eine Affäre mit ihm vorstellen könnten. Das Ergebnis seines Castings ließ sich an einer Hand abzählen und war wenig motivierend – es verhieß eher Probleme als Wollust. Daraufhin hatte Alain den Gedanken wieder fallen lassen.

Als er nun allein in der Wohnung saß, nahm er das Telefon und wählte die Nummer des Au Temps Passé, Pierre Mazarts Antiquitätenladen. Nach wiederholtem Klingeln geriet er an den Anrufbeantworter, Pierres Stimme verkündete die Öffnungszeiten, eine Nachricht konnte man nicht hinterlassen. Véronique hatte recht, er musste ihn nur besuchen, und dieser Ausflug würde ihm ganz guttun. Alain ging ins Badezimmer. Mit schmerzverzerrtem Gesicht zog er seinen Morgenmantel aus und schaute in den Spiegel des Badschranks. Was er sah, war nicht gerade erhebend – er hatte sich seit acht Tagen nicht rasiert, und der wachsende Bart mit den unverschämt weißen Spitzen am Kinn ließ ihn, zusammen mit der Brille, wirklich wie seinen Vater aussehen. Alain griff nach Schaum und Rasierer. Eine halbe Stunde später war er vollständig glatt rasiert, hatte sich sogar mit Véroniques Schere ein wenig die Haare geschnitten und eine Packung Kontaktlinsen gefunden, deren Verfallsdatum noch nicht abgelaufen war. Die randlose Brille, die ihn dem Optiker zufolge »jünger« machte, war im Abfalleimer zwischen Véroniques Wattepads gelandet. Vorher hatte Alain sie mit sadistischer Freude verbogen, wenn auch nicht, ohne an die geringe Zuzahlung seiner Krankenkasse zu denken.

Der Spiegel zeigte zwar nach wie vor nicht den Gitarristen der Hologrammes, doch Alain meinte, immerhin Spuren von ihm zu entdecken. Aus dem Kleiderschrank wählte er einen schwarzen Anzug und ein weißes Hemd, zögerte dann beim Anblick eines Paars roter Socken, das er in Rom in einem Geschäft gekauft hatte, das sich rühmte, den Vatikan und den Papst selbst zu beliefern, entschied sich dann aber doch für ein schwarzes Paar und Mokassins. Sein Aufzug war schick, aber schlicht. An der Wohnungstür fiel sein Blick auf einen Gehstock, der im Schirmständer stand. Das Utensil, das er seit jeher kannte und das von einem Vorfahren stammen musste, war durchaus elegant, passte aber entweder zu einem Dandy-Look, der mit seinem Beruf nicht vereinbar war, oder erinnerte an Krankheit und Alter. Alain stellte ihn in den Schirmständer zurück und trank ein Glas Wasser mit zwei Aspirin.

Véronique

Ja, ich betrüge ihn. Er hat mich gestern Abend im Bad gefragt, als ich mir gerade die Zähne putzte, ich bin sicher, dass ihm die Frage schon seit dem frühen Nachmittag auf der Zunge gebrannt hat. Ich habe ihn im Spiegel angesehen, wie er da in seinem Schlafanzug stand, und hätte am liebsten laut gelacht – aber ich habe es nicht getan. Nur zu gerne hätte ich geantwortet: »Ja, ich betrüge dich, na und?«, nur um sein Gesicht zu sehen – aber auch das habe ich nicht getan. Ich habe lediglich die Augen verdreht, mir den Mund ausgespült und mit verärgerter Miene gesagt: »Das ist eine wirklich intelligente Frage, hast du noch mehr davon auf Lager?« Alain hat nicht weiter nachgefragt und sich mit seiner Wärmflasche aufs Bett gelegt. Die Menschen geben sich mit wenig zufrieden – meistens mit dem, was sie hören wollen. Ich betrüge ihn, weil ich mich langweile, weil ich mich nach fünfundzwanzig Jahren Ehe und zwei – im Gegensatz zu vielen anderen – ordentlich erzogenen Kindern immer noch lebendig fühle. Ich betrüge ihn, weil ich nicht schon immer Frau Doktor Alain Massoulier gewesen bin. Wenn er wie besessen nach dieser Kassette mit Rockmusik aus seiner Jugend sucht – was ich, nebenbei bemerkt, wirklich er-

bärmlich finde –, fällt mir ein, dass auch ich einmal jung gewesen bin. Dass ich Liebhaber hatte, dass ich Männern gefallen habe, dass ich mich abends nach Hause habe begleiten lassen, dass ich manche vor dem Haus habe stehen lassen und andere mit nach oben genommen habe. Ich erinnere mich, dass ich zu Männern nach Italien und in die Schweiz geflogen bin. Ich erinnere mich, dass dieselben Männer – und andere – ebenfalls ins Flugzeug oder in den Zug gestiegen sind, um mich zu sehen.

Ich bereue meine Heirat mit Alain nicht, es war für mich wie für ihn der richtige Moment. Danach bin ich für viele Jahre in einen tiefen Schlaf gefallen. Ich hatte ein angenehmes Leben, die Kinder wurden groß, ohne besondere Probleme zu bereiten – ihre Schullaufbahn war von den gewöhnlichen Reinfällen, Pubertätsschüben und Unstimmigkeiten gespickt, aber unsere Kinder haben nie Drogen genommen, sich in schlechte Gesellschaft begeben oder mussten nachts bei der Polizei abgeholt werden. Mein Berufsleben plätscherte lange Zeit gleichförmig dahin und bescherte mir am Ende des Monats ein stattliches Gehalt. Ich kümmerte mich um fünf Luxusboutiquen in Paris, meine Aufgabe bestand darin, der Jahreszeit entsprechende Schaufensterdekorationen zu entwerfen. An Weihnachten war der Andrang natürlich am größten. All das hat sich in den letzten Jahren nach und nach aufgelöst, ich habe begonnen, zusätzlich zum Luxussegment Aufträge mittelständischer Firmen anzunehmen. Die Chinesen sind auf der Bildfläche erschienen, sie bieten die gleiche Dienstleistung für die Hälfte des Preises. Ich habe nur noch zwei treue Kunden, und auch wenn ich vor Alain das Gegenteil behaupte, weiß ich genau, dass es über kurz oder lang vorbei sein wird. Jüngere und dynamischere Frauen werden vielleicht noch Arrangements und Accessoires anbieten können, die auf dem Markt verführen und überzeugen. Alain wird diese Schwierigkeiten niemals kennenlernen, Magendarmerkrankungen, Heuschnupfen, Nasenschleimhautentzündung und Bronchitis wird es immer geben, sodass alle Welt zu ihm kommt. Die Menschen werden immer krank werden. Mein Geschäft dagegen wird in drei oder vier Jahren eingehen, aber ich werde nicht verzweifeln. Ich habe mein Bestes gegeben, irgendwann hat alles ein Ende. Man muss einsehen, dass man auch nach einer langen Glückssträhne immer verliert und seine Karten vom Tisch nehmen muss. Ich weiß auch, dass in einigen Jahren, wenn ich, um es vorsichtig auszudrücken, auf Ende fünfzig zugehe, den Männern weniger ins Auge fallen werde.

Als ich das erste Mal daran dachte, Alain zu betrügen … nein, das ist nicht ganz richtig; es war ein viel unbestimmteres Gefühl. Als wir eines Abends bei Freunden eingeladen waren, habe ich ihn angesehen. Er saß mit einem Glas Whisky in der Hand auf dem Sofa und sprach mit Kollegen, und ich habe ihn beobachtet. Es muss etwa zehn Jahre nach unserer Hochzeit gewesen sein. Ich habe ihn angesehen und mich gefragt, ob ich mich in diesen Mann verlieben würde, wenn ich ihn heute Abend hier kennengelernt hätte. Wenn er um mich werben würde. Die Antwort war nein. Ich würde ihn sicher sympathisch finden, fröhlich, aber ich käme nie auf den Gedanken, nach diesem Abend mit ihm zu schlafen, noch weniger ihn zu heiraten und Kinder mit ihm zu bekommen. Warum verliebt man sich in einem bestimmten Augenblick in jemanden? Wird das, was in jenem Moment zählt, immer Bestand haben? Bestimmt sehen auch andere Frauen ihren Mann eines Tages so an, doch ich weiß nicht, was sie dann für Schlüsse daraus ziehen, ich habe nicht viele Freundinnen und möchte nicht mit ihnen darüber sprechen. Alain hatte meinen Blick bemerkt und fragte mich mit hochgezogenen Augenbrauen: »Ist alles in Ordnung?« Ich habe geantwortet, ja, alles sei in Ordnung. Aber nein, gar nichts war in Ordnung. Danach bin ich wieder in meinen Schlaf versunken. Erwacht bin ich einige Jahre später in den Armen eines Kunden, auch er verheiratet. Ich traf ihn nachmittags in einem Hotel. Wir waren zweiundvierzig, wir wussten, dass weder er noch ich an Scheidung dachten. Wir trafen uns für ein paar vergnügliche Stunden, die unser Geheimnis blieben, wir haben alles akribisch geplant, ich den Ort und mein Alibi, Leute, die ich angeblich treffen wollte, wovon ich beim Abendessen kurz Bericht erstatten würde, er erfand mit Sicherheit eine Konferenz, an der er angeblich teilnahm und von der er am Familientisch ebenso knapp erzählen würde wie ich. Es war leicht. Erstaunlich leicht, und ich empfand keinerlei Schuldgefühl. Vielleicht hätte ich welches empfunden, wenn ich kompliziertere Lügen hätte erfinden müssen, mich einer dritten Person anvertrauen, mich ihrer hätte bedienen müssen, aber so, nein, nichts davon. Es endete abends mit einem Satz von Alain: »Und, deine Kunden heute?« »Es ist gut gelaufen, sie waren sehr zufrieden«, und das war alles. Das trug nicht wenig dazu bei, meine Rendezvous im Hotel unwirklich erscheinen zu lassen. Wenn mir die eines Pornofilms würdigen Bilder des Nachmittags durch den Kopf gingen, während ich in der Küche das Essen zubereitete, schien es mir, als hätte ich alles nur geträumt. All das konnte nicht wirklich stattgefunden haben, da ich ja dort war, in der Küche, und das Omelett überwachte, während mein Mann fernsah und meine Kinder sich zankten. Die Affäre währte mehrere Jahre. Danach sank ich erneut in den Schlaf. Es gab weitere Momente des Erwachens, mehr oder weniger gut, mehr oder weniger lang. Letzte Woche schließlich wurde mir klar, dass mir nur fünf Jahre blieben, bevor ich achtundfünfzig werden würde. Und dass ich offensichtlich dem achtunddreißigjährigen Handelsvertreter gefiel, der mich nun schon dreimal wegen seiner speziell für Schaufenster angefertigten Teakholzregale besuchte. Also habe ich welche bestellt, die Bürotür geschlossen und zu ihm gesagt: »Was haben Sie in der nächsten Stunde vor?« Er hat geantwortet: »Nichts.« Er hat gelächelt, ich auch. Und ich fühlte mich äußerst lebendig, als wir uns küssten.

Thyristor und Triac

Wenn er an den Anfang, ganz an den Anfang der Geschichte zurückgehen müsste, zu dem Moment, als sich alles entschieden hatte, würde JBM immer dieser Nachmittag einfallen, als er dreizehnjährig mit seinem Bruder zur Schule ging. Manchmal aßen sie nicht in der Kantine, sondern gingen zum Mittagessen nach Hause, da sie nur vier Busstationen von der Schule entfernt wohnten. Nachdem sie mit ihrer Mutter und manchmal mit einem Onkel oder einer Kusine, die in Paris zu Besuch waren, gegessen hatten, kehrten sie um genau Viertel vor zwei ins Gymnasium zurück. Wenn sie aus dem Bus ausstiegen, mussten sie einen Boulevard überqueren und eine Straße entlang gehen, dann kamen sie an eine Kreuzung, von wo aus sie bereits die breite Fassade aus hellem Stein und die Schüler davor sahen, die in kleinen Gruppen diskutierten und rauchten. Pierre war siebzehn, vier Jahre älter als Jean-Bernard, der damals noch nicht JBM genannt wurde. Dieser Altersabstand, der mit fünfzig so lächerlich erscheint, bildete zu jener Zeit einen Graben von der Größe eines Canyons zwischen den Brüdern. Pierre war groß, sehr groß, und bereits ziemlich stark. Pierre rasierte sich morgens mit einem Pinsel, einer Bartseife und einem Rasierer mit Doppelklinge und Stahlgriff, der von ihrem Großvater stammte. Pierre legte richtige Rasierklingen aus biegsamem bläulichem Stahl ein und schraubte dann eine kleine Platte fest, die die Klinge zusammendrückte, bis diese sich an die Form des Rasierers angepasst hatte. JBM rasierte sich nicht, er hatte noch seine glatte Kinderhaut. Nur seine melancholischen Augen verrieten bereits etwas Fremdes in ihm, etwas, das mit dem Alter, Reife, ja sogar mit einer künftigen Männlichkeit nichts zu tun hatte, seine Augen schienen lediglich einem anderen zu gehören. Einer sehr alten Seele, die für eine allerletzte Reinkarnation von weither gekommen war. Eine Seele, die die Welt mitfühlend betrachtete, aber vor nichts Angst hatte, da sie schon alles gesehen hatte.

In Pierres Augen fand sich keine Melancholie, sondern im Gegenteil ständige Alarmbereitschaft. Diesen Ausdruck sollte er bis zum Ende behalten, diese Augen, die sich so schnell bewegten wie die eines Vogels. Viele Jahre später sollte Pierre sich einen Bart wachsen lassen, der grau und am Kinn schließlich weiß werden würde. Er sollte dreißig Kilo mehr wiegen und alt aussehen mit seinen zurückgekämmten, im Nacken halblangen Haaren, den bestickten Westen und den halbmondförmigen Brillengläsern. Im Alter von fünfzig Jahren, wenn er sich mit seinen Fingern, an denen goldene römische Siegelringe steckten, den Bart streichelte und an seiner Zigarre zog, wurde er fünfzehn Jahre älter geschätzt. Lauschte man ihm, wie er sich zwischen zwei Zügen über Ingres, Corot oder André-Charles-Boulle-Intarsien ausließ, verstärkte sich das seltsame Gefühl, man könne sich nicht sicher sein, ob dieser Mann aus unserer Zeit oder einer längst vergangenen stammte. Pierre hatte schon immer das Talent gehabt, sich Dutzende von Anekdoten über große vergangene Persönlichkeiten, die Geschichte Frankreichs oder sonderbare Vorfälle in der Stadt zu merken und sie auf die natürlichste Weise in die Konversation einfließen zu lassen, als habe er selbst, Pierre Mazart, das Privileg gehabt, dem Vorfall in der vergangenen Woche beizuwohnen.

Da er über eine für seine Jugend außergewöhnliche Bildung verfügte, überzeugte Pierre bald die alten Händler und Sammler, ihn als Kommissionär für Auktionssäle und Antiquitätenmärkte einzusetzen: Er sollte dort bestimmte Objekte für sie finden, die sie zu deutlich höheren Preisen an ihre Kunden weiterverkauften. Pierre konnte zwölf Jahre lang gut davon leben, dann übernahm er das Geschäft eines seiner Auftraggeber, der eine Wohnung direkt darüber besaß, nannte es Au Temps Passé und verwirklichte so seinen lang gehegten Traum, den ganzen Tag umgeben von Gegenständen aus vergangenen Zeiten zu verbringen, auch wenn er manchmal hinnehmen musste, sich von einem zu trennen und ihn einem Kunden zu überlassen. Auf dem Gipfel seines Ruhms nahm er mehrere Male an der Biennale für Antiquitäten teil. Pierre heiratete eine Denkmalrestauratorin, bekam einen Sohn und führte fünfzehn Jahre lang ein glückliches Leben, bis zu dem Tag, als seine Frau und sein Sohn für das Wochenende in ihr Landhaus in der Auvergne fuhren, während er für die »Woche der offenen Tür« im Carré Rive Gauche in seinem Laden blieb. Auf einer unwegsamen Landstraße verlor sie die Kontrolle über das Auto und riss sich und ihren Sohn in den Tod. Pierre heiratete nie wieder, er bekam sein Leben nicht mehr in den Griff und vergrub sich noch mehr in alten Büchern und den Überbleibseln der Vergangenheit. In den letzten Jahren seines Lebens konnte man ihn nicht selten mitten am Nachmittag in seinem Morgenmantel durch den Laden wandeln sehen, die Zigarre zwischen den Fingerspitzen, und dabei eine Kristallgirandole umstellen oder eine Lampe wegdrehen, deren Licht nicht nach seinem Geschmack war. Die Leute nannten ihn »exzentrisch«. Dann kam die Krise, Pierre sah mit an, wie seine langjährigen Kunden einer nach dem anderen verstarben, seine hauptsächlich aus Kunst des 18. und 19. Jahrhunderts bestehende Ware büßte stark an Beliebtheit ein. Die junge Generation hatte nur Abscheu und Verachtung übrig für die Louis-XV-Vitrinenschränke aus Rosenholz, die Empire-Sekretäre, die Ölgemälde von Schülern Claude Gellées und Porträts von Ahnen mit gepuderten Perücken. Wer das nötige Kleingeld und ein vages kulturelles Interesse hatte, war nun auf das Design der fünfziger Jahre aus: Industrielampen, Werkbänke, Hocker und Stühle. Die Leute umgaben sich mit Mobiliar aus Kantinen und Studentenzimmern. Ein Künstler mit dem Pragmatismus eines Jean Prouvé hatte nun die Nase vorn, sein Trapeztisch aus gebogenem Stahlblech, 1956 für den Speisesaal der Universität in Antony gebaut, wurde für 1240300 Euro inklusive Gebühren versteigert. Pierre versüßte sich seine Tage mit dem einen oder anderen Glas Cognac. Dann wurde Jeff Koons *Balloon Dog* bei Christie's für 58 400 000 Dollar verkauft. Wochenlang sagte Pierre jedem, der es hören wollte, dass die Welt auf dem Kopf stehe, dass es sich doch nur um einen Metallhund in Form eines Luftballons handele, eine Jahrmarktdekoration. Die Cognacs wurden größer und zahlreicher, bis Pierre bei einer Flasche am Tag angekommen war, manchmal sogar bei zweien. Oft schlief er auf einer Louis-XV-Bank in seinem Geschäft und wachte erst gegen Mittag auf. Sein Bruder besuchte ihn, doch Pierre ließ sich nichts sagen, die Worte »Depression« und »Entziehungskur« prallten wirkungslos an ihm ab.

Wenn man Pierre Glauben schenkte, so hatte das mangelnde Interesse für die Vergangenheit, die Geschichte und die Kultur dieses Landes nicht nur für ihn, sondern für ganz Frankreich dramatische Folgen. In ihren Gesprächen erinnerte er seinen Bruder gerne daran, dass die meisten symbolträchtigen Erfindungen unserer Epoche französischen Ursprungs waren: Fotografie, Kinematographie, das Automobil, das Fliegen, die Chipkarte und mit Minitel sogar das Internet für den Hausgebrauch. Pierre zufolge hatte dieses Land, das eine Metro Vorsprung vor dem Rest der Welt hatte, sich immer wieder sorglos seine Ideen und Patente von anderen Mächten stehlen lassen und nur einen kläglichen Gewinn daraus gezogen – und darüber hinaus vergessen, dass es am Ursprung des Ganzen stand.

In den letzten Wochen seines Lebens kam ihm sein

Laden immer mehr wie ein letztes Fragment aus alten Zeiten vor, eine Insel, die nur durch das große Schaufenster von der modernen Welt getrennt war. Die Leute blieben stehen – nicht um ein Objekt zu betrachten, hineinzugehen und nach dem Preis zu fragen, sondern um ihn anzusehen, der zwischen den Antiquitäten wie eine der Nachbildungen aus Wachs im Musée Grévin wirkte, die fälschlicherweise »lebende Bilder« genannt wurden. Das Bild von Pierre würde den Titel »Ein Mann von früher« tragen, man konnte ihn an seinem Mazarin-Schreibtisch sitzen sehen, wie er in einem Buch von Léo Larguier las, angestrahlt von einer Bouillotte-Lampe aus der Empire-Zeit und umgeben von ungewöhnlichen Möbeln und Objekten, dessen Nutzen niemand mehr kannte. Durch den Handel mit Kuriositäten war er schließlich selbst zu einer geworden.

JBM schien es so, als wäre ihrer beider Zukunft im Bild jenes frühen Nachmittags in ihrer Jugend eingeschlossen – im Bild von jener Straßenkreuzung, die zu ihrer Schule führte. Genau dort auf dem Bürgersteig hatten sie sich getrennt, und wenn man das Band zurückspulen und sich die Sequenz genau anschauen könnte, würde man sehen, wie JBM auf eine Baustellengrube zuging und Pierre ans Schaufenster eines Antiquitätenladens trat. Pierre, der seit mehreren Wochen eine Biographie von Napoleon verschlang, war vor einer Tabakdose stehengeblieben, die nach Angabe des Händlers aus dem Holz eines Baumes geschnitzt war, der in St. Helena am Grab des Kaisers gefällt worden war. Während Pierre fasziniert die Reliquie betrachtete, die seit eineinhalb Jahrhunderten von Hand zu Hand gegangen war, konnte JBM den Blick nicht von der frisch mit dem Presslufthammer aufgerissenen Straße abwenden. Dicke schwarze Kabel lagen neben dünneren roten, die sich harmonisch ineinander verflochten und dann in der Erde verschwanden. JBM hob den Blick zu den Häuserfassaden. Die Kabel führten ganz offensichtlich zu den Gebäuden, den Wohnungen, sie brachten Strom und den Datenfluss von Fernsehen, Radio und Telefon dorthin. Diese Stelle, an der wie mit dem Skalpell die Haut der Stadt aufgeschnitten worden war, war der Beweis, dass letztere alles in allem nur ein riesiger Körper war, ein Organ mit Nerven, Adern, Muskeln, dessen Zuckungen er unter den Füßen zu spüren glaubte. Seine Vision weitete sich auf das ganze Viertel aus, auf das Arrondissement, dann die Stadt, das Land und die ganze Welt, die er als globale, runde Struktur betrachtete, nicht größer als ein Tennisball, leicht abgeflacht an den Polen, die schwerelos im Raum schwebte und dessen elektronische Kreise wie Neuronen funktionierten, die in die vier Himmelsrichtungen sendeten – ohne Unterbrechung, in einem ständigen Fluss, in dem Informationen, Bilder, Stimmen und Licht strömten.

Wer zu diesem Fluss Zugang hatte, würde die Zukunft bestimmen. Alles würde über Bildschirme laufen, die Daten empfingen – nicht wie ein Fernseher mit festen Programmen, die zu bestimmten Zeiten ausgestrahlt wurden, es wären Bildschirme anderer Art, Bildschirme, über die man Bilder von einem zum anderen Punkt des Erdballs schicken könnte, Bilder, die man selbst produziert haben würde und die man mit Bekannten und sogar Unbekannten teilen wollte. Im Übrigen würden sich so nicht nur Bilder, sondern auch Worte verschicken lassen: Briefe, Romane, Lexika, Zeitungsartikel, Nachrichten. Die Leute würden sich über Bildschirme unterhalten können. All das wäre möglich, weil die Leitungen bereits bestanden, es würde genügen, die Inhalte und die Geschwindigkeit des Datenflusses zu verändern. An Weihnachten jenes Jahres 1973 bat Pierre um einen Scheck, der ihm zusammen mit seinen Ersparnissen ermöglichen würde, die Tabakdose des Kaisers zu erstehen. JBM äußerte den gleichen Wunsch, um sich mit dem Geld seine ersten Informatikbücher zu kaufen. Jeder vertiefte sich in seinem Zimmer in sein Schicksal – Pierre, indem er mit der Lupe seine wertvolle Anschaffung bis ins kleinste Detail studierte, JBM, indem er Werke mit so esoterischen Titeln wie *Thyristor und Triac – elektronisches Fluxikon Nr. 4* und *Integrierte Digitalschaltkreise* von Henri Lilen studierte und sich sorgfältig Notizen machte. Auch wenn ihm bewusst war, dass er nie ein großer Programmierer werden würde, musste er die technischen Grundlagen zumindest verstehen, bevor er den nächsten Schritt ging.

JBMs Bewunderung für seinen Bruder schwand niemals. Sein ganzes Leben blieb er davon überzeugt, dass Pierre der Begabte war und nicht er. Er war so begabt, dass er sogar Songtexte schreiben konnte. Auf Englisch, natürlich, und im Refrain hatte er Shakespeare zitiert. JBM hingegen hatte bloß die Aufnahme finanzieren können. Von Pierre war nur noch eine Urne mit seiner

Asche übrig, die hinter der Panzertür eines Bankschließfachs ruhte, das JBM gehörte. Pierre hatte als letzten Willen verfügt, dass man seine Asche an einem »Ort voller Schönheit und Geschichte« verstreue. JBM hatte einen solchen Ort noch immer nicht gefunden.

Verlorene Zeiten

Verzeihen Sie, Monsieur, am Laden Ihres Nachbarn hängt ein Schild, auf dem steht *Bleibt geschlossen*.«

Der Ladeninhaber, der auf der Schwelle seines Geschäfts eine Zigarette rauchte, sah Alain schweigend an.

»Aber ich kann durch den Vorhang erkennen, dass noch alle Sachen darin stehen«, fuhr Alain fort. »Ist er vor kurzem umgezogen?«

»Ja«, antwortete der Mann langsam und zog an seiner Zigarette, »er ist umgezogen, aber nicht erst vor kurzem.«

»Wissen Sie, wo ich ihn finden kann?«

»In einer Urne, wenn er da noch ist …«

»Wie bitte?«

Der Mann atmete tief durch und sagte dann: »Er ist tot, Monsieur, bereits seit einem Jahr. Kannten Sie ihn?«

»Ja, nun, ich habe ihn lange nicht mehr gesehen. Hatte er einen Unfall?«

»Einen Künstlerunfall, ja«, murmelte der Verkäufer, bevor er ihm die ganze Geschichte erzählte.

Pierre, dessen Schaufensterarrangements immer raffiniert gewesen waren, hatte sich bei seinem letzten etwas Besonderes einfallen lassen. Mitten in der Nacht hatte sich der Antiquitätenhändler in die wundervolle Badewanne aus dem 18. Jahrhundert gelegt, die seit einigen Wochen im Schaufenster stand, und einen Cocktail aus Schlaftabletten genommen. Am nächsten Morgen erwartete die Passanten ein ergreifender Anblick: Die Badewanne war zur Hälfte mit einem weißen Laken bedeckt, Pierres Kopf, um den ein altertümlicher Badeturban gewickelt war, lag auf seiner rechten Schulter, seine rechte Hand, die den Boden berührte, hielt eine Schreibfeder, sein linker Arm lag auf dem Rand einer mit grünem Tuch bespannten Auflage, in der Hand ein Abschiedsbrief, den sein Bruder später auf der Beerdigung vorlesen würde. Pierre hatte bis ins kleinste Detail *Der Tod des Marat*, Davids berühmtes Gemälde nachgebildet.

»Das ist auf der Straße nicht ohne Wirkung geblieben, das muss man ihm lassen«, endete der Nachbar.

Seiner Meinung nach habe JBM seine Beziehungen spielen lassen, damit von diesem traurigen Spektakel nicht in den Zeitungen berichtet wurde, vor allem nicht im sensationslüsternen *Parisien*. Angeblich seien die Reporter, die über die makabre Entdeckung recherchiert hatten, von ihren Redaktionen in Kenntnis gesetzt worden, dass es zwecklos sei, die Sache weiter zu verfolgen – der Artikel werde weder bezahlt noch veröffentlicht –, die Anweisung komme von *ganz oben*.

»Ich habe seinen Bruder danach noch zweimal gesehen«, fuhr der Mann fort, »er kommt her, öffnet das Gitter und schließt es hinter sich, bleibt eine Stunde und geht dann wieder. Er zahlt weiterhin die Miete und sogar das Telefon, ich höre es durch die Wand manchmal klingeln. Wir Ladenbesitzer aus der Nachbarschaft haben ihn in einem Brief gefragt, ob er verkaufe, aber er antwortet uns nicht. Wir wollen sein Geschäft nicht übernehmen, so schlecht wie es läuft, das kommt gar nicht infrage, aber eine Mobilfunkkette hat angefragt, das würde für ein wenig Laufkundschaft sorgen«, schloss er mit trauriger Stimme, schnipste seinen Zigarettenstummel in einem eleganten Bogen in den Rinnstein und kehrte in seinen Laden zurück.

Alain sah aus dem Augenwinkel die Tür zugehen, bevor er auf das nächstbeste Café zusteuerte und sich einen Rum bestellte.

Pierre, der in die Vergangenheit verliebte Antiquitätenhändler, den er damals für seine Bildung und die Anekdoten aus Frankreichs Geschichte bewundert hatte, hatte seinem Leben also ein Ende gesetzt. Zweifellos hatte ihn ein Bündel von privaten und beruflichen Problemen dazu getrieben, doch Alain fühlte, dass Pierres Ableben mehr bedeutete als eine private Tragödie. Die Art, wie er die Welt mit dieser pompösen Inszenierung verlassen hatte, hatte einen tieferen Sinn. »Ein Künstlerunfall«, hatte sein Nachbar gesagt. Pierres Tätigkeit war zu langsam – ein Beruf, bei dem man ganze Nachmittage verträumte, in Bildbände vertieft, während man auf den fachkundigen Kunden oder das Klingeln des Telefons wartete, war mit der heutigen Zeit nicht mehr vereinbar. Die Welt drehte sich schneller, alles musste mit Höchstgeschwindigkeit erledigt werden. Das Vergangene und die Kultur, die Pierre zur Ware gemacht hatte, fand heute immer weniger Resonanz. Wirklich, dachte Alain, während er seinen Rum trank, wer weiß denn heute, wer genau Ludwig XIII. war und was er vollbracht hat? Die Leute kennen Ludwig XIV. durch das Schloss und den Garten von Versailles, Ludwig XVI., weil er auf dem Schafott endete, und Napoleon wegen seines Hutes, seiner Kriege und der Verbannung nach St. Helena. Der Rest, das Politische wie das Kulturelle, war nur eine formlose Masse, aus der im Laufe der Zeit das heutige Frankreich hervorgegangen war und von der die Bürger nur eine ungefähre Ahnung hatten … Alain bezahlte und schaute dann auf sein iPhone.

Entgegen aller Erwartung hatte Frédéric Lejeune seine Mail bereits beantwortet. Auch wenn Thailand am anderen Ende der Welt zu liegen schien, betrug die Zeitverschiebung zu Frankreich nur fünf Stunden. Da er sich mit Frédéric nie besonders gut verstanden hatte – sie lagen einfach nicht auf einer Wellenlänge –, hatte Alain entschieden, direkt zum Wesentlichen zu kommen, zur Kassette, und den Brief von Polydor nicht zu erwähnen. In seiner Antwort erwähnte Frédéric die Kassette mit keinem Wort, stattdessen kündigte er seine baldige Ankunft in Frankreich an.

»Hallo Alain«, begann er. »Ich freue mich, von dir zu hören. Das trifft sich gut, ich komme in ein paar Tagen für eine Woche nach Paris, um die Wohnung meiner Eltern in La Garenne-Colombes abzuschließen. Ich habe im Internet gesehen, dass du immer noch Arzt bist, könnte ich dir ein stark entzündetes Furunkel zeigen, das ich seit etwa zehn Tagen links auf meinem Gesäß habe?

Ich finde hier keine wirkungsvolle Salbe, und nach vierzehn Stunden im Flugzeug wird es sich bestimmt verschlimmert haben, also hoffe ich, du kannst da etwas für mich tun. Im Anhang sende ich dir ein Foto meines Furunkels, es hat die Größe einer Zehn-Baht-Münze, was in etwa einem Ein-Euro-Stück entsprechen sollte, vielleicht auch zwei Euro. Bis bald, Fred.«

Alain öffnete das Foto mit dem Furunkel, das sich über den gesamten Bildschirm seines iPhones ausbreitete, und schloss es sofort wieder. Die Digitalisierung hatte die zwischenmenschliche Kommunikation wirklich weiterentwickelt. Man stellte jemandem eine Frage, und derjenige schickte einem als Antwort eine Großaufnahme seines Hinterns. Das dermatologische Bild, das flüchtig auf seinem Bildschirm aufgetaucht war, bestätigte seinen Gedanken: Ja, definitiv, Pierre Mazart hatte, auch wenn er die radikalste Lösung gewählt hatte, wirklich nichts mehr in dieser Zeit verloren gehabt.

Bubble

Um elf Uhr abends wurden die gewaltigen Schläuche mit Hilfe des knatternden Gebläses im Scheinwerferlicht mit Helium gefüllt. Stan Lepelle überwachte im Blaumann – seinem Markenzeichen – den Aufbau seines Werkes. Vor den Augen des Meisters nahm *Bubble* am Eingang zum Jardin des Tuileries, über dem achteckigen, sechzig Meter breiten Wasserbecken, allmählich Form an.

»Läuft alles gut?«, fragte der Beauftragte des Kultusministeriums unterwürfig.

»Sehr gut«, sagte Lepelle gönnerhaft. »Passt auf beim Andocken der Basis!«, rief er den Arbeitern zu, die gerade Stahlfassungen an den dicken Stricken anbrachten. Diese waren mit Pfählen verbunden, die eine Maschine nach Schließung des Parks unter ohrenbetäubendem Lärm in den Boden gerammt hatte.

Lepelle ging um die Konstruktion herum. Der halbtransparente rosafarbene Stoff wurde langsam aufgeblasen. Er bestand aus einem neuen Kunstkautschuk, BN657, den er gewählt hatte, weil er fein und extrem widerstandsfähig war. Es würde mehr als eine Stunde dauern, die tausend Kubikmeter zu füllen. Er kehrte zu dem kleinen Klappstuhl zurück, den man für ihn neben einem generatorbetriebenen Scheinwerfer aufgestellt hatte.

»Möchten Sie einen Kaffee?«, fragte eine junge Praktikantin des Kulturdezernats der Stadt Paris.

»Ja, gern«, antwortete Lepelle.

Er faltete ein Exemplar der morgigen Ausgabe von *Le Monde* auseinander, die ihm sein PR-Büro hatte zukommen lassen, und fand das Interview, das er am Vortag gegeben hatte. Eine ganze Seite, darauf ein überdimensioniertes Foto von ihm mit gerunzelter Stirn und dem besorgten Gesichtsausdruck eines Intellektuellen, den die großen Fragen der Zeit umtreiben, daneben eine Modellabbildung von *Bubble* in den Tuileries – bei Tag und bei Nacht.

Die junge Frau brachte ihm seinen Kaffee. »Hier ist der Zucker.«

»Kein Zucker, niemals«, antwortete er. Er griff nach dem Becher und begann zu lesen.

Die Schlagzeile »Stan Lepelle, die Weihe« zog sich über die ganze Seite. »Das Werk wird Dinge *infrage stellen*« war eines der fettgedruckten Zitate, die im Text als Zwischentitel dienten. Lepelle erklärte in belehrendem Ton, dass es »die Aufgabe der Kunst ist, unsere Art zu sehen und dadurch die moralischen und ideologischen Grundsätze der ganzen Gesellschaft infrage zu stellen«. Es handelte sich in seinen Augen nicht um eine aufblasbare Konstruktion von fünfundzwanzig Meter Höhe und sechzig Meter Durchmesser, die nach einem Modell seines Gehirns von einem 3D-Drucker hergestellt worden war, sondern um ein *semantisches Fragezeichen*. Ein wenig weiter unten hatte er platzieren können, dass *Bubble* mit dem Obelisken »in einen Dialog treten« müsse. Das war gut, das Wort »Dialog« musste in einem Gespräch über eine zeitgenössische Kunstinstallation unbedingt vorkommen. Das machte das Werk sympathisch. Wer will schon jemanden angreifen, der lediglich in einen Dialog treten will? Niemand.

Das Interview in *Le Monde* war das einzige, das er geben würde, und die ganze Presse würde sich darauf stürzen. Sein Schweigen würde seine Abscheu gegenüber möglichen Gegnern ausdrücken und zugleich seine Unnahbarkeit kultivieren. »Man muss sich rarmachen«, sagte ihm sein Galerist oft, aber um das zu wissen, brauchte Lepelle diesen Stümper nicht. Einige Fanatiker würden lauthals protestieren – dieselben, die McCarthys Butt-Plug zerstochen oder Vandalismus an der Skulptur *Dirty Corner* von Anish Kapoor verübt hatten. Aber *Bubble* hatte keinerlei sexuelle Konnotation, das würde ihnen den Wind aus den Segeln nehmen, und die Fanatiker würden mit ihrem Lärm für Werbung sorgen, wie sein Galerist meinte, aber nicht so weit gehen, sein Werk zu verschandeln, zumal die Stadt für die einmonatige Dauer der Installation zwei Wachmänner engagiert hatte, die nachts im Park ihre Runden drehten. Lepelle ließ die Zeitung sinken und sah zu seinem Werk hoch, das allmählich Form annahm: ein gigantisches Gehirn, über dem Brunnen schwebend und mit Helium gefüllt, aber fest im Boden verankert – auch das Gas würde zu *Bubbles* Symbolgehalt beitragen: »Eine Möglichkeit des

Losfliegens, der das Andocken entgegengesetzt wird, eine Fragestellung zu Sehnsucht und Vernunft, wenn Sie so möchten«, hatte er dem Journalisten geantwortet. Wenn es fertig aufgeblasen wäre, würde der Lärm des Gebläses verebben, und er müsste nur noch die letzte Phase testen: Genau um Mitternacht würde die von Matra Horlogerie und LED Beleuchtung konzipierte Anlage das Gehirn rosa und blau anstrahlen. Lepelle erhob sich und ging ein paar Schritte, um in dieser Nacht ungestört seinen Triumph auszukosten.

Weiter vorne auf der Wiese hatte sich ein kleiner Schatten bewegt, dann noch einer. Lepelle ging darauf zu. Die zwei Schatten erstarrten, doch ohne Reißaus zu nehmen. Katzen wären längst in den Büschen verschwunden. Die zwei Gestalten, Schnauze an Schnauze, sahen im Gegenlicht der Scheinwerfer fast so aus, als würden sie etwas aushecken. Eine von ihnen drehte sich, sodass ihre roten Augen aufleuchteten. Lepelle sprang zurück – Ratten. »Ekelhaft«, murmelte er. Die Ratten waren kein Stück zurückgewichen, und gleich dahinter konnte er nun eine dritte erkennen, die zur Verstärkung kam. Seit über einem Jahr war der Park um das Karussell herum mit den Nagern verseucht. Nicht selten sah man sie zwischen den Spaziergängern auf ein von Touristen weggeworfenes Sandwich springen, um damit in irgendwelche Gänge zu flüchten oder geschäftig über eine Wiese zu laufen, während sie die Gaffer, die verblüfft stehenblieben, völlig ignorierten. Die Parkaufsicht bekämpfte sie ohne Erfolg. Diese drei waren als Kundschafter gekommen, um auszuspähen, was hier mitten in der Nacht und unter so viel Lärm in ihrem Revier veranstaltet wurde. Lepelle hob einen Stein auf und warf ihn in ihre Richtung. Eine der Ratten machte sich eilig aus dem Staub, während die Albinoratte mit den roten Augen nasekräuselnd ein hohes Fiepen von sich gab und sich gemächlich in den Schatten verzog. Lepelle hatte das unangenehme Gefühl, dass der Nager ein hämisches Lachen von sich gegeben hatte, mit dem er sagen wollte: »Wir sehen uns wieder, mein Freund.« Er drehte sich zum Brunnen um. Die ersten charakteristischen Windungen der Gehirnmasse zeichneten sich bereits eine nach der anderen auf der gewaltigen Gummileinwand ab.

Agitprop

Domitile Kavanskis Fragebogen war per Mail eingetroffen. Eine Liste mit siebzehn Fragen zu allen möglichen Themen, persönliche wie auch politische, die Aurore auf ihr Tablet geladen hatte. JBM hatte zunächst nichts davon hören wollen: »Diese Irre kann mich mal.« Aurore hatte ihn dazu gebracht, der Sache eine Viertelstunde zu widmen; ein bisschen wie man ein Kind dazu überredet, mitten an einem Augustnachmittag eine Ferienaufgabe zu lösen, bevor es an den Strand durfte. Nur dass es für JBM keinen Strand geben würde.

Es hatte nicht wirklich gut angefangen mit der Hohepriesterin der Kommunikation. Auf Blanches Geheiß war JBM zu einer ersten »informellen Zusammenkunft« gegangen, wo man ihm einen kurzen Film vorgeführt hatte. Einige zusammengeschnittene Straßeninterviews. In der ersten Sequenz verkündete ein Mann maghrebinischer Herkunft, der Gemüse auf dem Markt verkaufte, dass JBM derjenige war, den das Land brauchte. »Wir zählen auf dich, Jean-Bernard!«, sagte er am Ende, mit geschlossenen Fäusten in die Kamera lächelnd, als ob er sich an einen Fußballer vor dem Spiel wandte. Auf die Theke eines Bistros gestützt, erklärte auch ein älterer Mann bei einem Glas Weißwein, dass es vielleicht JBM sei, den das Land brauche, weil man die anderen ja kenne, sie seien alle gescheitert, und wenn man mit den Gleichen weitermache, sei dies ein »Türöffner für die Rechtsextremen«. Er schien sehr stolz auf seine Formulierung, der darüber hinaus zwei weitere Männer am Tresen beipflichteten. Dann hoben sie alle ihre Gläser – zweimal Weißwein und ein kleines Bier – in die Kamera: »Auf JBM!« Eine etwa vierzigjährige Frau geriet vor der Kamera in Wallung: »Wir zahlen Steuern ohne Ende, und dann erklärt man uns, die Kassen seien leer. Wohin geht dann das ganze Geld? Es hat noch nie so viele Obdachlose gegeben. Schauen Sie, allein der da« – die Kamera schwenkte auf einen verstört blickenden Mann, der vor einem Zelt im Anzug auf dem Bürgersteig saß. »Ich sehe ihn seit mehr als einem Jahr von meinem Fenster aus«, fuhr die Frau fort. »Kann man ihm denn keine Arbeit geben? Ihm einen Rechen, eine Schaufel und eine Anstellung in einem öffentlichen Park geben? Und sagen Sie mir nicht, dass man ein Diplom braucht, um sich um den Rasen zu kümmern und zwei, drei Bäume zu pflanzen! Also ja, ja, wenn er die Dinge in die Hand nehmen will, stimme ich für ihn.« Schließlich sagte ein junges Mädchen mit Piercings im Gesicht kaugummikauend, dass es noch nie gewählt habe, aber wenn, dann würde sie bestimmt für ihn stimmen, weil er »cool« wirke und »nicht so lahm wie die anderen Politiker«.

Der riesige Bildschirm in dem großen Büro wurde in einer eleganten Überblendung schwarz und schwebte wie durch Magie zur Decke empor. JBM und Aurore drehten sich in ihren Sesseln zu Domitile um, die inmitten ihrer um den ovalen Tisch versammelten Truppe still triumphierte.

»Was gibt denen Anlass zu denken, dass ich mich für irgendetwas aufstellen lasse?«, fragte JBM schlicht.

»Ihr Herz!«, rief Domitile, deren Effekthascherei auf JBM wie eine Ohrfeige wirkte. »Ihr Herz, JBM«, wiederholte sie, »sie wollen Sie, sie sehnen sich nach Ihnen.«

»Sagen Sie ihnen, dass ich kein Kardiologe bin. Ich werde nicht in die Politik gehen, weil zwei Hausfrauen, drei Schnapsdrosseln und ein marokkanischer Gemüseverkäufer mich im Élysée-Palast sehen wollen.«

Domitile lächelte nur und klapperte auf ihren Stilettos auf ihn zu. »Ich liebe es, wenn Sie sich aufregen, JBM«, sagte sie und berührte ihn an der Schulter. »Sie müssen als Kind unerträglich gewesen sein«, fügte sie kokett hinzu. Dann ging sie mit langsamen Schritten weg, um plötzlich herumzuschwenken: »Frankreich liegt Ihnen zu Füßen, und Sie wollen es nicht? Sie wollen es nicht, JBM?«, wiederholte sie lauter.

JBM verabschiedete sich aus dieser kurzen Sitzung mit einem allgemeinen Gruß in die Runde. Kurz zuvor hatte er Domitiles Hand geschüttelt, die ihn verführerisch angesehen und ein boshaftes »Auf Wiedersehen, Herr Präsident« geflüstert hatte. Kaum war er durch die Tür, wandte sie sich an ihr Team, schlug mit der flachen Hand auf den Tisch und schreckte damit die achtzehn anwesenden Personen auf.

»Agitprop!«, kreischte sie. »Ich will, dass überall kleine

Pressenotizen auftauchen, kontaktiert Schauspielerinnen, stellt ihnen Fragen über ihren letzten Schundfilm, ihre Schönheitsgeheimnisse, ihre nächsten Ferienziele, ihre Kinder und platziert eine politische Frage, auf die die Antwort zwingend JBM ist. Im Gegenzug bekommen sie von uns Werbeaufträge, Klamotten, Parfums, Urlaub, einen Flachbildschirm – findet Sponsoren! Wir müssen alles infiltrieren, was nicht politisch ist, wir greifen den Felsen von innen an: Sie erwarten, dass wir vom Meer kommen, wir kommen aus der Ebene! Ich will, dass die Leute ihm überall begegnen! Ich will, dass es in ihre Gehirne sickert. Er ist der nächste Mieter des Élysée-Palasts, er und kein anderer. Ist das allen klar?«

Sie führte eine Elektro-Zigarette mit silberner Spitze zum Mund, die speziell für sie von Cartier angefertigt und in die ihr Motto graviert worden war: *Noch weiter* – dann trat sie ans Fenster und blickte auf die Stadt hinab, die vom achtzehnten Stockwerk wie ein Miniaturmodell wirkte.

»Ihm scheint es nicht klar zu sein«, wagte sich ein junger Mann vor.

»Um ihn kümmere ich mich schon«, bemerkte Domitile lediglich, während zwischen ihren karmesinroten Lippen in Schwaden der elektronische Rauch entwich.

Der Fragebogen behandelte höchst unterschiedliche Themen, fragte nach seinen Lieblingsschriftstellern und seinem Lieblingstier, aber auch nach seiner Haltung zu den großen Themen, wie dem Recht auf ein Sterben in Würde oder Adoption durch homosexuelle Paare. JBM hatte bereits auf neun Fragen geantwortet, als er seine Antwort auf die zehnte diktierte: »Pepe Mujica und sein dreibeiniger Hund.«

»Warten Sie, JBM, Sie können Ihr nicht mit Pepe Mujica kommen, dann kriegt sie einen Anfall.«

»Und warum nicht?«

»Antworten Sie Mitterrand oder De Gaulle, und damit hat es sich.«

»Nein«, beharrte JBM, »ich will ihr aber von Pepe Mujica und seinem dreibeinigen Hund erzählen.«

»Das machen Sie doch nur, um sie zu ärgern, das ist reine Provokation.«

»Nein, Aurore, ganz und gar nicht, ich beantworte nur wahrheitsgemäß ihre Frage: Welcher Politiker hat sie am meisten beeindruckt?«

Aurore seufzte, legte ihr Tablet weg und trat ans Fenster.

»Sie wollen, dass ich Mitterrand einsetze?«, fragte JBM reumütig.

»Aber nein, nehmen Sie Mujica und seinen Hund, Sie haben recht, das ist origineller.«

Der ehemalige Präsident von Uruguay war in der Tat unerwarteter als die zwei großen Präsidenten der 5. Französischen Republik. Dreizehn Jahre lang in den Kerkern der Militärdiktatur gefangen, gefoltert und in einen Brunnen geworfen, war der ehemalige Anführer der Tupamaros-Guerilla gewissermaßen wiederauferstanden und mit vierundsiebzig Jahren sogar zum Präsidenten seines Landes gewählt worden. Der kleine, runde Mann mit dem Schnurrbart, der sich selbst als »bescheidener

Bauer« bezeichnete und von den sensationslüsternen Medien als »ärmster Präsident der Welt« betitelt wurde, unterschied sich schon durch seine Lebensweise von seinen Amtskollegen. Er verzichtete auf jeglichen mit seiner Position verbundenen Prunk, lebte statt im Präsidentenpalast weiter auf seiner kleinen Farm außerhalb von Montevideo und gab den Großteil seines Gehalts an Hilfsorganisationen oder »Kleinunternehmer«, während er für sich selbst nur die Summe zurückbehielt, die dem Durchschnittslohn Uruguays entsprach. Nach seinem Abschied im Jahr 2015 verkaufte er in einem kleinen Laden Blumen aus seinem Garten. In den fünf Jahren seiner Amtszeit hatte JBM aufmerksam jeden seiner Auftritte auf dem Podium der UNO verfolgt, genauso wie alle Interviews, die er in seinem bescheidenen Zuhause gab. Mujica appellierte an die Menschen, der sich überschlagenden Konsumgesellschaft ins Auge zu sehen, der unkontrollierbaren Globalisierung, der Marktwirtschaft, die den Einzelnen seine Freiheit kostete, da er nur noch arbeitete, um all die Dinge abzubezahlen, die er auf Kredit gekauft hatte. Arm war für ihn nicht, wer wenig besaß, sondern wer viel brauchte und immer noch mehr besitzen wollte. Umgeben von Büchern, zitierte er am Küchentisch seiner Farm Philosophen wie Epikur oder Seneca. Man sah ihn auch, wie er in Begleitung eines kleinen hüpfenden Hundes, dem ein Bein fehlte, auf den Feldwegen spazieren ging.

»Sie kennen diese Leute nicht, Aurore, Domitile Kavanski ist wie eine Zecke auf dem Rücken eines Hundes. Um sie loszuwerden, muss man ins Fleisch schneiden.«

»Darf ich Ihnen eine Frage stellen?«

JBM sah sie an.

»Und wenn sie recht hätte? Und wenn Blanche recht hätte? Und wenn Bourdin recht hätte? Und wenn Sie der Richtige wären, JBM? Wenn wir am Ende eines Zeitalters angekommen wären. Wenn die Politiker, wie wir sie kennen, in der Welt von heute nicht mehr kompetent genug wären, wenn sie passé wären, ausgedient hätten, und wenn nun Männer wie Sie die Führung übernehmen müssten? Ich meine es ganz ernst«, sagte sie, während sie an den Schreibtisch trat. »Die Politiker, die sich in sechs Monaten für das Amt des Präsidenten zur Wahl stellen, haben nicht ein Viertel Ihrer Laufbahn hinter sich, nicht ein Zehntel Ihrer Vorhaben und Ihrer Kontakte. Bernard Arnault, François Pinault, Xavier Niel und Sie haben zu viert mehr Macht und Kompetenzen als die ganze politische Klasse dieses Landes zusammengenommen.«

»Wollen Sie etwa eine Regierung aus Geschäftsmännern bilden, Aurore?«, fragte JBM mit einem beunruhigten Lächeln. »Ich bezweifle, dass die Franzosen damit einverstanden wären.«

»Sie weichen aus, JBM, aber im Ernst, zwischen Ihnen und François Larnier … Wer ist schon François Larnier? Er hat die ENA gegründet, und dann? Er ist Abgeordneter und Parteichef, er war mal Minister, vor fünfzehn Jahren, aber was ist dieser Typ ohne seine Entourage und seine Partei wert? Was versteht er von der heutigen Zeit, was weiß er über die Welt?«, ließ sich Aurore hinreißen. »Er ist seit fünfunddreißig Jahren in der Politik, er sollte an seine Rente denken, stattdessen bewirbt er sich um den höchsten Posten seiner Karriere, das ist doch die Höhe, wenn man darüber nachdenkt! Und er spricht nicht einmal Englisch.«

Im Land des Lächelns

»Wir müssen Ihre Darmflora wieder aufbauen«, hatte Alain gerade seinem Patienten erklärt, der daraufhin ernst nickte, als Maryam klopfte.

»Herein«, sagte Alain.

Maryam öffnete die Tür. »Monsieur Lejeune ist hier.«

»Wunderbar, bitten Sie ihn zu warten, ich empfange ihn in fünf Minuten.«

Alain hatte ihm vorgeschlagen, er solle in seine Praxis kommen, sobald er in Frankreich wäre und sich bei seiner Sprechstundenhilfe melden – er würde ihn dazwischenschieben, sodass er nicht zu warten brauchte.

Nachdem er den Darmleidenden hinausbegleitet hatte, erkannte Alain den Mann nicht, der neben der Tür gesessen hatte und sich bei seinem Erscheinen erhob. Ein fast kahlköpfiger Kerl, der sich über beiden Ohren grauweiße Haare à la Léo Ferré hatte wachsen lassen und eine kleine Brille mit rotem Plastikgestell und eine dicke Daunenjacke trug. Er sah aus wie ein altlinker Mathelehrer. Sie gaben sich die Hand. »Hallo«, sagte Frédéric. »Hallo«, antwortete Alain, während er versuchte, in dem Gesicht die Züge des blonden jungen Mannes wiederzuerkennen, der auf dem Synthesizer die Melodie von *We are made the same stuff dreams are made of* spielte. Vergeblich. Er hätte stundenlang neben diesem Typen auf den Bus warten können, ohne ihn als seinen alten Kumpel zu erkennen. Wenn auch ich so gealtert bin … dachte er, während er ihn ins Sprechzimmer bat.

»Hattest du einen guten Flug?«, fragte Alain, um etwas zu sagen.

»Ja, ich bin gestern angekommen, seit sechs Jahren war ich nicht mehr hier, der Flug ist immer so lang, ich nehme ein Schlafmittel, dann geht es.«

Alain nickte zustimmend. »Du bist eine Woche hier, nicht wahr?«

»Ja, um die Wohnung meiner Eltern zu verkaufen. Sie sind vor zehn Jahren gestorben.«

Alain nickte nur, da er es ihm ein wenig spät für Beileidsbekundungen schien – er ersetzte die Floskeln durch ein Stirnrunzeln.

»Meine Schwester und ich haben die Wohnung dann vermietet«, fuhr Frédéric fort, »der erste Mieter war ein guter Kerl, aber er ist nach fünf Jahren ausgezogen, und seitdem folgt Mieter auf Mieter, und manchmal gibt es mehrere Monate gar keinen. Meine Schwester lebt in Straßburg, ich auf Ko Samui, du siehst, es wird kompliziert, das Ganze zu regeln«, sagte er und kratzte sich im Nacken, »also haben wir letztes Jahr entschieden, sie zu verkaufen. Wir haben ein ganzes Jahr gebraucht, um einen Käufer zu finden, kannst du dir das vorstellen, ein Jahr, und keineswegs zu dem Preis, den wir wollten, obwohl das ein prima Ding ist, in einem modernen Gebäude, mit einer Glasfront, der Immobilienmakler sagt, dass es sehr schwierig sei, solche Objekte zu verkaufen, dass niemand mehr in diese Ecke will. Es stimmt, La Garenne-Colombes ist zum Davonlaufen. Wenn ich das alles sehe, bin ich froh, nicht mehr in Frankreich zu wohnen, alle in diesem Land sind ständig beleidigt, alle sind schlecht drauf. Ich wohne mit meiner Schwester in einem kleinen Hotel an der Gare du Nord, bis die Verträge für die Wohnung unterschrieben sind. Der Kerl an der Rezeption sieht aus wie ein Totengräber, niemand hat unsere Koffer getragen, in der Brasserie um die Ecke haben wir pro Nase achtunddreißig Euro gezahlt, für ein gefülltes Ei, ein widerliches Steak und weiche Pommes, kannst du dir das vorstellen, das sind zweihundertdreißig Francs, das macht tausendfünfhundert Baht. Weißt du, bei uns bekommst du für tausendfünfhundert Baht ein komplettes Hochzeitsbankett! Ein ganzer Fisch mit Getränken kostet dreihundert Baht, sieben Euro fünfzig, und man bringt dir alles an den Strand in eine Strohhütte, mit einem Lächeln und einer Blume auf dem Fisch! Man muss verrückt sein, hier zu leben, das sage ich dir.«

Alain nickte, er hatte keine Meinung zu dem Thema, er war nie in Thailand gewesen, übrigens auch sonst nirgends in Asien.

»In Thailand lächeln alle«, fuhr Frédéric fort, »wir heißen nicht umsonst ›das Land des Lächelns‹, alle Thai sind so freundlich, das kannst du dir nicht vorstellen, hier ist alles hässlich und schmutzig, die Straßen sind verdreckt, gibt es in Frankreich keine Müllabfuhr mehr, oder was? Oder die Leute sind Schweine geworden, bei den Thais schmeißt du dein Zeug nicht einfach überall hin, da herrscht Respekt, Respekt vor der Natur und vor den anderen.«

Geduldig hörte sich Alain Frédérics Anti-Frankreich-Rede an, wie sie Auswanderer, die nun in sonnigen Gefilden wie Marokko und Tunesien oder in den asiatischen Zen-Staaten Thailand und Bali lebten, oft hielten. So hatte er in seinem Patientenstamm einen Rentner, der mit anderen Franzosen im Senegal lebte, wo sie sich in einer vornehmen Siedlung zusammengerottet hatten. Auch dieser schwor auf die gute Laune der Senegalesen und den blauen Himmel.

»Sag, hast du die Kassette gefunden?«, unterbrach ihn Alain schließlich.

»Nein«, antwortete Frédéric, »ich habe sogar extra gestern im Keller meiner Eltern nachgesehen, für alle Fälle, aber ich habe sie nicht mehr, ich muss sie weggeworfen haben.«

Alain nickte.

»Zupfst du noch ein bisschen auf der Elektrischen rum?«, fragte Frédéric.

»Nein, die Gibson steht immer noch hinten im Schrank, aber ich spiele nicht mehr. Und du?«

»Von Zeit zu Zeit schraube ich abends am Synthesizer rum«, antwortete Frédéric mit glänzenden Augen, »nach dem Essen, meine Gästen wollen unter den Sternen tanzen.«

Alain stellte ihn sich vor, wie er, in einen Pareo gehüllt und barfuß in Sandalen, an einer Bontempi-Orgel stand und die alten Hits spielte, wie *My way* oder *Petite*

Fleur, während seine französischen Gäste unter den Lampions schwoften. Es war jämmerlich.

»Mein Sohn ist seit drei Monaten verschwunden«, sagte er dann unvermittelt, »er ist letztes Jahr zum Islam konvertiert, manchmal frage ich mich, ob er nicht in Syrien ist, eines Tages werde ich diesen kleinen Idioten auf einem Foto bei CNN wiedersehen, mit einem Bart und einer Kalaschnikow … Ich werde demnächst wieder heiraten, eine Thai, von meiner Frau bin ich seit zwei Jahren getrennt, sie ist mit einem Typen von der Botschaft abgehauen.«

Alain nickte erneut, er wusste nicht mehr, was er diesem Kerl sagen sollte, den er in Wirklichkeit gar nicht kannte und der die Kassette der Hologrammes nicht hatte.

»Und dieses Furunkel? Zeig her«, sagte Alain entschieden.

Frédéric ließ sich nicht lange bitten und zog die Hosen runter, um sein Furunkel zu zeigen. Es war noch weiter angeschwollen.

»Warum wolltest du unsere Songs eigentlich hören?«, fragte Frédéric mit heruntergelassener Hose.

»Nur so«, sagte Alain, »meine Kinder haben danach gefragt, und es ist eine schöne Erinnerung. Ich werde dir Antibiotika verschreiben und zwei Salben.«

»Weißt du, ich glaube, es war wirklich nicht so toll, was wir gemacht haben«, sagte Frédéric, während er seine Hose zuknöpfte. »Sonst hätten wir eine Antwort erhalten, einen Termin bei einer Plattenfirma, nicht?«

Alain nickte. »Zweifelsohne.«

»Und die anderen?«, fragte Frédéric und setzte sich erneut, »hast du von ihnen was gehört?«

Alain sah ihn an. Wozu sollte er ihm erklären, dass sich die französische Nation fragte, ob JBM nicht ihr nächster Präsident werden sollte, und dass JBMs Bruder in seinem Schaufenster Marats Tod nachgestellt hatte?

»Nein, keine Neuigkeiten«, sagte er und begann, das Rezept auszustellen.

Am Ende hatte Frédéric vielleicht sogar recht: Wenn man sich auf Erden schon wegen nichts abmüht, konnte man es auch in schöner Landschaft und umgeben von freundlichen Menschen tun.

»Schulde ich dir was?«, fragte Frédéric, als sie sich erhoben.

»Mach keine Witze, es war mir eine Freude«, antwortete Alain gönnerhaft.

Dann begleitete er ihn zur Tür.

»Alles Gute, Frédéric, und kurier dein Furunkel aus.«

»Sag Bescheid, wenn du mal nach Thailand kommst.«

Alain nickte, als Frédéric ihn am Arm fasste und mit wissender Miene sagte: »Ach, wir sind schon alt geworden, was? Also, mach's gut!« Dann ging er hinaus.

Alain blieb sprachlos zurück, Maryam sah von ihrer Arbeit auf, doch Alain war bereits in sein Sprechzimmer zurückgekehrt und hatte heftig die Tür hinter sich zugeschlagen.

»Black Billard«, sagte eine Stimme aus dem Hörer.

»Guten Tag«, antwortete Alain, »ich möchte mit Sébastien Vaugan sprechen, bitte.«

»Und weiter?«, fragte die Stimme herablassend.

Alain stellte sich vor, dass es einer dieser jungen Männer aus gutem Hause war – wie sie sich damals bei der GUD, der rechtsextremistischen Studentenvereinigung gesammelt hatten –, der ihn so von oben herab behandelte: Ein anonymer Anrufer, der wollte, dass man ihm den Chef gab, einfach so, am Telefon.

»Wenn er da ist, sagen Sie ihm, dass Alain Massoulier ihn gern sprechen möchte.«

»Alain Massoulier«, wiederholte der andere. »Wer sind Sie überhaupt, etwa ein Journalist? Um was geht es?«

Alain konnte sich nicht verkneifen zu entgegnen: »Ich bin ein alter Bekannter von Sébastien Vaugan, den wir ›den dicken Seb‹ nannten, bevor er mit dem Muskeltraining anfing, reicht das?«

Schweigen.

»Ich schaue nach, ob der Kommandant zur Verfügung steht«, antwortete dann der Mann.

Er hörte, wie das Telefon abgelegt wurde. »Kommandant …«, murmelte Alain.

»Also, Massoulier?«, schrie Vaugan in den Hörer. »Gehst du endlich einen mit mir heben? Ist lange her, vier oder fünf Jahre, was?«

»Eher sechs«, korrigierte Alain, der ihre letzte Begegnung in einem Restaurant wohl nie vergessen würde.

Alain hatte an einem Seminar teilgenommen, das von einem großen Pharmalabor organisiert worden war. An seinem Tisch saßen zwanzig Allgemeinmediziner, sie waren bereits beim Hauptgang, und die Unterhaltung über die neuen Generika plätscherte dahin, als Vaugan in der Brasserie auftauchte, begleitet von zehn seiner Leutnants mit rasierten Schädeln, in schwarzen Langarmshirts und schwarzen Regenmänteln. »Schauen Sie, das ist Vaugan«, flüsterte einer der Ärzte zu seinen Kollegen gebeugt. Vaugans herrischer Blick glitt durch den Saal und blieb an Alain hängen, der blass wurde, als er ihn mit ausgestreckter Hand näherkommen sah. »Was für eine Überraschung, geht's dir gut, Kumpel?« Der Handschlag war fest und männlich. »Ja, mir geht's gut, und dir?«, stammelte Alain. »In Bestform, wie immer. Du musst demnächst mal bei mir vorbeikommen, dann heben wir zusammen einen.« »Ja, ja, ich melde mich«, murmelte Alain. Vaugan verabschiedete sich mit einem zackigen »Guten Appetit, die Herren« und ging dann zu seiner Leibgarde zurück, die sich bereits hinten im Saal gesetzt hatte. Als Alain seine Kollegen anblickte, herrschte bedrücktes Schweigen. »Wir … wir kennen uns aus der Schule, ist lange her«, sagte Alain in einem Ton, der scherzhaft klingen sollte – diese Ausrede schien einen Teil der Versammelten zufriedenzustellen. »Das Schicksal will«, fuhr Alain fort, »dass ich Vaugan einmal alle sechs Jahre zufällig über den Weg laufe, fragt mich nicht warum, so ist es eben.« Damit war der Vorfall abgeschlossen, und das Gespräch über Medikamente wurde wieder aufgenommen. Wenn sie den Rhythmus von sechs Jahren einhalten wollten, war Alain dieses Mal ein wenig zu früh dran.

»Was kann ich für dich tun?«

»Ich wollte dir nur eine Sache mitteilen.«

»Eine Sache, das ist recht vage«, entgegnete Vaugan.

»Kann ich mal vorbeikommen, in deiner …« Alain suchte nach dem richtigen Wort: Bar? Billardakademie? Hauptquartier?

»Im Hauptquartier meiner Kampagne?«, antwortete Vaugan stolz.

»Deiner Kampagne?«

»Bald wirst du davon hören, vieles ändert sich, komm vorbei, wann du willst, ich werde am Eingang Bescheid sagen, damit sie dich reinlassen.«

Und er legte auf.

Roosevelt gegen Ludwig XV.

Eine Fluglandebahn?«, schlug ein junger Mann mit halblangem Haar vor.

»Zu elitär, zu stark besetzt«, antwortete Domitile Kavanski.

»Felder, Weinberge, auf dem Land …«, warf ein anderer Mann im Hipster-Look ein, mit dichtem Bart, an den Schläfen rasiertem Haar und einer Schildpattbrille.

Domitile schnalzte verärgert mit der Zunge. »Und im Hintergrund vielleicht noch eine romanische Kirche?«, fragte sie. »Ihr liegt daneben, das ist viel zu sehr Mitterrand.«

»Das Meer also«, schlug ein anderer vor.

»Nein, das Meer macht Angst, zu weit, zu mächtig.« Domitile ließ sich in ihrem Ledersessel nieder, um ihr Team besser im Blick zu haben, während sie an ihrer Elektro-Zigarette zog.

»Der Himmel?«, versuchte es ein junger Mann.

»Nein!«, rief Domitile verärgert. »Wir brauchen ein von Menschen geschaffenes Gebilde, das Werte vermittelt und für die Zukunft steht, etwas Symbolisches eben und für das Massenpublikum wiedererkennbar. Strengt gefälligst euer Hirn an, Himmel!«

Seit einer Stunde schlugen sie Motive für die Foto-Doppelseite vor, die dem Artikel über JBM in *Paris Match* vorangehen sollte. Domitile hatte bei dem Wochenmagazin sechs Seiten herausgeholt und fuhr ihre NVP-Strategie (Nähe/Vertrauen/Projekte). Was die letzten beiden Punkte betraf – Vertrauen und Projekte –, erhielt JBM bei Umfragen allgemeine Zustimmung. An der Nähe galt es zu arbeiten. In den Meinungsumfragen, die sie in Auftrag gegeben hatte, wurde JBM als verschwiegen, diskret und reserviert beschrieben. Dieser Eindruck musste sich radikal ändern. Auf die Frage, welchem Tier er ähnele, antworteten viele der Befragten mit *Katze*. Diese Katzensache war ärgerlich. Für Domitile war die Katze ein zu komplexes Tier: Wenn man sie ruft, kommt sie nicht, wenn man sie sucht, findet man sie nicht, wenn man sie streicheln will, haut sie ab. Kurz gesagt, die Katze war eine Nervensäge.

»Der Eiffelturm?«, schlug eine junge Frau mit Pferdeschwanz vor.

Domitile schloss die Augen. »Gehen Sie, Priscilla«, sagte sie, »gehen Sie raus, dieser Unsinn laugt mich aus.«

Die junge Frau erhob sich und ging aus dem Raum, die Tür leise hinter sich schließend.

»Denken wir nach«, verkündete Domitile, »strengen wir unsere grauen Zellen an, wir sind sieben, ein Mensch hat hundert Milliarden Gehirnzellen, ich lasse Sie ausrechnen, was wir hier einsetzen.«

»Eine Autobahn …?«

»Nein, Umweltverschmutzung, Lärm, das geht nicht. Die Idee mit der Straße ist gut, sie steht für Werte, die wir kommunizieren wollen, aber eine Autobahn ist hässlich.«

»Eine Brücke?«

Domitile stieß elektronischen Rauch aus, der junge Mann wähnte sich schon am Ziel, als sie den Kopf wiegte.

»Das ist zu stark besetzt, man wird sie wiedererkennen, diese Brücke, wird sie mit einem Kaff in der Provinz verbinden, was soll JBM neben dem Pont du Gard oder dem Viaduc de Millau, das ergibt keinen Sinn, die Idee ist trügerisch.«

»Ein Bahngleis? Oder Schienen«, schlug eine junge Frau vor, »Schienen vor einem großen Bahnhof, den man nicht wiedererkennt.«

Domitile hob langsam den Blick und starrte sie schweigend an. »Ja«, murmelte sie, »ja, das ist es, Schienen in die Zukunft. Das ist es, das Schock-Foto! Züge sind ein Fortbewegungsmittel, das halb massentauglich, halb luxuriös ist, es ist das Symbol der Dienstleistungsindustrie. Sie, Sie und Sie«, sagte sie und deutete auf drei ihrer Mitarbeiter, »und Sie natürlich«, fügte sie an die junge Frau gewandt hinzu, »fahren Sie zu den Bahnhöfen der Stadt, bringen Sie mir Fotos der Schienen und Gleise mit, ich will alles in drei Stunden. An die Arbeit!«

Die vier Angesprochenen griffen sofort nach ihren Taschen und verließen den Raum.

»Schienen …«, murmelte sie begeistert und wippte in ihrem Sessel, »unscharfe Schienen im Bildhintergrund, wundervoll … Ein Mann in Bewegung, er wird der Fahrer, die reine Symbiose, er ist der Mann, der den Zug Frankreichs lenkt, er ist die Lokomotive und zugleich derjenige, der steuert, Mann und Maschine im Dienste des Volkes.«

Die Übriggebliebenen der Versammlung machten eifrig Notizen.

»Phantastisch!«, kreischte Domitile und sprang auf.

Ein junger Mann wagte sich vor: »Er antwortet aber schon mit Pepe Mujica auf die Frage nach …«

»Seine Antworten kümmern uns nicht«, unterbrach Domitile, »es sind nicht seine, die uns interessieren, sondern unsere. Und das ist Roosevelt, Roosevelt gegen Ludwig XV. Unser Roosevelt fährt Zug, Ludwig XV. sitzt in der Kutsche. Begreifen Sie, dass wir die Geschichte neu schreiben werden?«, fragte sie und legte ihre Hand sachte auf den Schreibtisch. »Mit neuer Tinte, einem neuen Blatt Papier und einer neuen Feder.«

Diejenigen, die ihr kopfnickend zustimmten, begriffen genau, worauf Domitile mit ihrer sonderbaren Anspielung auf den amerikanischen Präsidenten des New Deal und den letzten König Frankreichs vor der Revolution hinauswollte: auf die bisher größte Marketingkampagne vor einer Präsidentschaftswahl, der von François Mitterrand im Jahr 1981. Damals hatten erstmals Männer aus der Werbung den Wahlkampf bestimmt. Es waren drei: Gérard Colé, Jacques Pilhan und Jacques Séguéla. Während letzterer geschickt Einfluss auf die Medien nahm, setzten Colé und Pilhan auf diskretere Weise den Schlussstein dieser Wahl, wie es in einem geheimen Papier, Operation »Roosevelt gegen Ludwig XV.« genannt, festgehalten war. Ihr Ziel war es, einen gesellschaftlichen Wandel zu beschleunigen und aufzuzeigen, dass Valéry Giscard d'Estaing ein Mann der Vergangenheit war, ein Schönredner, der im Ausland Eindruck machte, aber Frankreich nicht mehr verstand und sich im Grunde auch nicht viel darum kümmerte, überzeugt davon, dass er noch lange warme Stopfleber – sein Leibgericht – am Esstisch des Élysée-Palastes genießen würde: Ludwig XV. Im Gegensatz dazu sollte Mitterrand für Erneuerung, Dynamik, die Zukunft stehen und noch mehr das Bild eines bescheidenen Mannes mit einfachem Geschmack darstellen, mit Prinzipien, Ideen und Visionen – ganz wie der legendäre amerikanische Präsident. Jacques Séguélas Bilder im Sinne der sogenannten »ruhigen Kraft«, auf denen man den Sozialisten gelassen und mit in die Zukunft gerichtetem Blick sah, im Hintergrund der Turm einer kleinen Dorfkirche, krönte diese Strategie. François Mitterrand würde vierzehn Jahre lang Präsident der Franzosen sein.

Domitile zog an ihrem dampfenden Utensil und erklärte in einem Satz ihre Strategie: »JMB, der Mann, den wir nicht mehr erwartet haben, gegen die Männer, von denen wir nichts mehr erwarten können.«

Es blieb noch ein Detail zu klären, sie mussten JBMs verschwiegenes und reserviertes Image aufbrechen. Domitile wusste schon wo: in der Küche.

Eine schöne Russin

Bubble war zwar in fast jeder Zeitung und in den sozialen Netzwerken aufgetaucht, trotzdem hatte Lepelle die Reaktion der Öffentlichkeit enttäuscht. Er musste sich eingestehen, dass die Pariser, mit ihren eigenen Problemen und der Krise beschäftigt, das Werk nur gleichgültig zur Kenntnis nahmen. Natürlich hatte es ein paar bescheidene Demonstrationen gegeben – nie mehr als dreißig Leute auf einmal –, bei denen man auf großen Schildern lesen konnte: »Dahin gehen unsere Steuergelder!« oder »Gehirn Frankreichs: IQ = 0« und andere Sätze dieser Couleur, die mit Schablonen auf Karton gemalt worden waren. Diese kleinen Grüppchen bestanden in erster Linie aus Mitgliedern traditionalistischer katholischer Vereine – die Kinder derer, die vor fünfundzwanzig Jahren auf die Werbeplakate geschimpft hatten, die nach ihrem Geschmack zu freizügige Models zeigten oder Pastoren, die Nonnen kussten. Pingelige und griesgrämige Pedanten. Der *Figaro* hatte sich immerhin zu einer Kolumne durchgerungen, in der ein alter respektabler Akademiker *Bubble* als »obszöne und größenwahnsinnige Zurschaustellung eines intimen Organs vor aller Augen« darstellte. Aber dabei blieb es im Großen und Ganzen. In den Fernsehbeiträgen hatte Lepelle einen deutlichen Eindruck davon bekommen, welches Interesse sein Werk hervorrief: »Ganz witzig«, tauchte öfters auf, auch »Warum nicht?« wurde regelmäßig gefragt, jedes Mal von einem lustlosen Schulterzucken begleitet. Am weitesten ging noch die Analyse eines Mittvierzigers in den Ein-Uhr-Nachrichten, den *Bubble* an Professor Simon in *Captain Future* erinnerte: »Sie wissen schon, dieses sprechende Gehirn, das immer in einer Roboterkapsel über der Schulter des Captains schwebt.« Lepelle hatte daraufhin gegen kindische Mittvierziger gestänkert, deren einzige kulturelle Referenzen japanische Mangas oder *Star Wars* waren. Noch schlimmer, seine Strategie, den zurückgezogenen Künstler zu geben, war nicht aufgegangen. Dass er sich damit verkalkuliert hatte, warf er sich selbst vor: Er hätte mehr Interviews geben und vor allem die Anfragen von Thierry Ardisson und Laurent Ruquier akzeptieren sollen. Den beiden Moderatoren hatte er durch seine Galerie ausrichten lassen, dass »der Künstler sich seiner Arbeit widmet und in den kommenden Wochen keine Interviews gibt«. Das war ein schöner Irrtum, wer den Mysteriösen spielt, wird von den Leuten vergessen. Auch wenn das Kultusministerium mit der Aktion sehr zufrieden war, würde man ihm bestimmt nicht gleich morgen wieder einen so prestigeträchtigen Ort zur Verfügung stellen.

Dann hatte Lepelles Galerist ihm mitgeteilt, dass er von einer geplanten Aktion von Femen gegen sein Werk Wind bekommen habe. *Bubble* repräsentierte ein männliches Gehirn, die skandalträchtigen Feministinnen heckten bestimmt eine ihrer antiphallokratischen Aktionen aus. Lepelle hatte sich über diesen unverhofften Werbecoup gefreut. Doch die Tage waren vergangen, er hatte gewartet – vergeblich. Die hysterischen Blondinen mit ihren nackten, mit Slogans beschmierten Brüsten waren nicht aufgetaucht. »Worauf warten diese Schlampen mit ihrem Auftritt?«, hatte er daraufhin an seinen Galeristen gemailt. »Ich weiß es nicht, sie haben wohl ihre Meinung geändert«, hatte der geantwortet. Eines Samstagnachmittags war Lepelle inkognito in den Park gegangen, nur um festzustellen, dass die Leute sein Werk höchstens ein paar Sekunden lang betrachteten. Dann gingen sie darum herum und davon, während sie Kinderwagen schoben oder sich verliebt ihre Zuckerwatte teilten. Ein Zirkuszelt oder einen Heißluftballon hätten sie mit kaum weniger Interesse betrachtet. Japanische Mädchen fotografierten sich davor mit eingefrorenem Lächeln, wie sie es neben einem als Pluto verkleideten Schausteller in Disneyland getan hätten. Am schlimmsten waren diese Jungmanager, die auf dem Rückweg vom Mittagessen durch den Park gingen. Sie bewegten sich in Vierer- oder Fünfergruppen, in ein Gespräch mit einem Kollegen vertieft oder noch öfter am Handy, und sahen nicht einmal auf, wenn sie an *Bubble* vorbeikamen. Nichts. Wenn man Sie am Ausgang des Parks gefragt hätte: »Ist Ihnen im Jardin des Tuileries etwas aufgefallen?«, hätten sie geantwortet: »Nein, warum?«

Die beste Nachricht kam aus Katar – die Organisatoren der WM 2022 hatten bei Lepelles Galerist angefragt, ob der von ihm repräsentierte Künstler die Güte habe,

»über eine aufblasbare Konstruktion für die Einweihung des Stadions nachzusinnen«. »Wir müssen ihnen alles abknöpfen, was geht!«, war die prompte Antwort des Künstlers auf die Mail seines Händlers gewesen, in der er ihm das Interesse des Golfstaats an seinen Werken mitteilte. Er arbeitete bereits an ein paar Ideen, vor allem an einem gigantischen Schuhstollen, von dem er eine feste Reproduktion von drei Meter Höhe hatte anfertigen lassen, die nun in seinem Atelier stand, mit der er aber nicht zufrieden war – so vom ursprünglichen Gegenstand getrennt, war der Stollen nicht mehr wiedererkennbar, man hätte die Skulptur für die Reklame einer Nagel- oder Dübelmarke für die Aktionswochen bei Obi halten können. Vor dem Schuhstollen hatte er an eine gigantische, mit Helium gefüllte Harnblase gedacht, bevor ihm einfiel, dass man Bälle früher aus Schweinsblasen gemacht hatte und dass den Katarern eine riesige Schweinsblase am Eingang ihres Stadions wohl kaum behagen würde.

»Hast du im Leben noch etwas anderes vor, als von morgens bis abends Gras zu rauchen?«, fragte Lepelle.

Ivana, die auf dem Sofa lag, wandte ihm ihr Gesicht zu und starrte ihn aus vergrößerten Pupillen an.

Er musste bald dafür sorgen, dass sie ihre Sachen packte, dachte Lepelle. Mit einer Pornodarstellerin zusammenzuleben, hatte seine Vorteile, brachte aber auch Unannehmlichkeiten mit sich, insbesondere diese Rauchwolke, die sich im kompletten Erdgeschoss ausbreitete.

Lepelle hatte Ivana während seines Projekts *Sexus* kennengelernt – ein expliziter Titel für Bilder, die es nicht weniger waren. Einige Wochen lang hatte er mit dem Gedanken gespielt, statt mit Skulpturen fortan mit großformatiger Digitalfotografie zu arbeiten. Nummerierte Bilder in sehr kleiner Auflage, die sich an ein reiches, nach Modernität gierendes Publikum richteten. Die Welt wurde von Geld und Sex regiert, und da Lepelle nicht herausfand, wie er Ersteres darstellen könnte, hatte er sich natürlich für das Zweite entschieden. Er hatte seine Kontakte spielen lassen, um zwei Models zu finden, einen Mann und eine Frau, die er fotografieren wollte, während sie Sex hatten. Man hatte ihm eine Russin vermittelt, die in Pornofilmen mitspielte und ihm viel zu teuer erschien, und einen Mann mit bescheideneren Ansprüchen. Aus den Treffen bei ihm zu Hause war eine Serie mit zehn Abzügen entstanden, Großaufnahmen, die Lepelle am Computer retuschiert hatte, bis sie fast abstrakt wirkten, aber das Motiv trotzdem noch gut erkennbar war.

»Was soll das denn sein?«, hatte sein Galerist gefragt, als er die Abzüge durchblätterte, »willst du deinen Marktwert zerstören? Buren bedeutet Streifen, Othoniel farbige Kugeln, Annette Messager herabhängende Stoffpuppen, Warhol kolorierte Negativabzüge, Lichtenstein Comicszenen, Damien Hirst Kühe in Formalin, du bedeutest riesige Skulpturen – bleibt bei euren Markenzeichen und geht mir nicht auf den Sack, das ist doch unglaublich, schließlich habt ihr es geschafft, du und andere, mit einem Stil identifiziert zu werden, wollt ihr den Goldesel abmurksen und mich gleich dazu? Das ist doch unverantwortlich! Pack deinen Schweinkram ein, ich will das nie wieder sehen.«

Von diesem Versuch blieb nur Ivana übrig, die bei ihm für eine Woche eingezogen war – es waren inzwischen sechs Monate. Ivana, mit ihrem starken Akzent und den Grammatikfehlern. Ivana, die manchmal mehrere Tage verschwand und ohne eine Erklärung wieder auftauchte. Lepelle verdächtigte sie, sich ab und an zu prostituieren – sicher hatte man Ivanas geschmeidige Gestalt bereits in einigen Luxushotels am Arm eines ihrer Landsmänner durch die Lobby gehen sehen. Ihre vergleichsweise anspruchsvollen Pornos waren eine Visitenkarte, die es ihr mit Sicherheit ermöglichte, mit einer realen Dienstleistung Geld, ein Abendessen, Champagner und Geschenke einzustreichen. Für Lepelle war der bemerkenswerteste Vorteil ihrer Gegenwart – abgesehen vom Sex –, dass sie einkaufte und recht gut kochte. Außerdem kümmerte sie sich um die Wäsche.

Vom ästhetischen Standpunkt aus verschaffte es ihm Anerkennung, bei Empfängen an der Seite dieser ein Meter zweiundachtzig großen Frau zu erscheinen, und er bemerkte mit Freude den Hauch von Panik im Blick der anderen Männer, sobald sie begriffen, dass sie mit ihm gekommen war – allein das war es wert, seit sechs Monaten dieses zugedröhnte Miststück und ihren Herzschmerz zu ertragen. Wenn sie sich gerade keinen Joint anzündete, verbrachte sie Stunden auf Facebook oder damit, auf Russisch mit ihren Freundinnen oder Liebhabern zu telefonieren, wer wusste das schon. Lepelle jedenfalls nicht – er sprach kein Wort Russisch. Von Zeit zu Zeit hörte er seinen Namen heraus und fragte sich, was sie über ihn sagen mochte. Sie kam aus einem sibirischen Kaff, einem winzigen Dorf, das auf keiner Karte zu finden war. Als sie ihm auf ihrem Telefon Fotos ihrer Freundinnen zeigte, die davon träumten, wie sie das Dorf zu verlassen und Mannequin zu werden, konnte Lepelle es kaum glauben. Die grobschlächtigen Arbeiter mit den zerfurchten Gesichtern und ihre rotwangigen Babuschkas hatten durchgehend schlanke Kreaturen mit endlosen Beinen, Porzellanteint und ebenmäßigen Gesichtszügen hervorgebracht. Eine genetische Mutation. Ivana, die Fischerstochter, Lena, die Tochter des Gasthofbesitzers, Juliana, die des Busfahrers, Tanja, die des Bürgermeisters, Anna, die des Metzgers – jede von ihnen hätte auf das Cover der *Vogue* gepasst. »Wie viele von euch gibt es eigentlich?«, fragte er sie besorgt, als hätte man ihm Bilder aus dem Logbuch eines Raumschiffes mit lauter Außerirdischen an Bord gezeigt. Ein Detail war ihm aufgefallen: Eine der Freundinnen aus dem Dorf, genauso schön wie Ivana, hatte eine auffällige Narbe auf der rechten Wange; Ivana erklärte ihm, dass ihr Freund sie mit einem Stein geschlagen hatte, als er erfahren hatte, dass sie am Modelcasting teilnehmen wollte. Er hatte es an einem Tag getan, als sie zum Baden an den Fluss gegangen waren, er hatte einen besonders scharfkantigen Stein herausgesucht und die junge Frau ins Gesicht geschlagen. Er hatte es getan, damit sie nicht fortging, damit sie ihm niemand wegnahm. Ivana zufolge hatte er sich bei seinen Eltern vergraben und drei Tage lang geweint, sie hatte das Gleiche bei ihren getan, dann hatten sie sich wieder vertragen, und nun lief alles gut.

Die Modelagenturen wussten nur zu gut Bescheid über das Potenzial dieser Breitengrade. Ein- bis zweimal pro Jahr machten die *casting directors* eine Expedition in diese Gegend, wie früher die Trapper. Statt Gewehr hatten sie eine Digitalkamera dabei und schossen das Frauenwild aus allen Blickwinkeln ab – Zähne inklusive. Von Zeit zu Zeit schaffte es eines der Mädchen wirklich zum Mannequin. Dann flog sie zu Fotoshootings um die ganze Welt, knüpfte tausend Kontakte, heiratete einen reichen Kerl, schenkte ihm Kinder und verbrachte den Rest ihres Lebens in einem schönen Haus in Kalifornien, mit Swimmingpool, Bediensteten und persönlicher Hairstylistin. Die anderen versuchten in der Stadt ihr Glück als Hostess oder Verkäuferin. Manche, wie Ivana, schafften den Durchbruch nicht und wechselten ins Pornofilmbusiness. Sie reisten und lebten am Arm von Männern, die ihnen herzlich egal waren, bis sie den Richtigen fanden. Oder auch nicht. Es war ein modernes Abenteuer.

Auf seinem Computer ging klingelnd eine Mail ein, sie war von seinem Galeristen: »Hey Stan, ein gewisser Alain Massoulier hat angerufen, er sagt, er kennt dich, es geht um einen Brief und Songs, ich habe nicht alles verstanden. Er ist Arzt. Er hat bereits eine Mail geschrieben, ich habe vergessen, sie dir weiterzuleiten, du findest sie anbei. Bis bald.«

»Gute Neuigkeiten?«, fragte Ivana.

»Ein alter Freund, der mich wiedersehen will.«

»Also wir müssen einladen«, sagte Ivana.

»Jaaa, wir werden sehen«, murrte Lepelle, »Erfolg zieht immer Nervensägen an.«

Dann schloss er sich in sein Atelier ein. Der riesige Schuhstollen stand ihm gegenüber wie ein Vorwurf, eine Beleidigung seiner Kreativität. Lepelle spürte, dass er nicht in der Lage sein würde, den Katarern auch nur irgendetwas vorzuschlagen.

Der Kommandant

Hast du im Lotto gewonnen?«

»Noch besser, die EuroMillionen, stell dir vor«, entgegnete Vaugan.

Alain sah ihn schweigend an. Das Kreischen einer Kreissäge erfüllte das Black Billard – zumindest, was davon übrig war. Die Tische waren zur Seite geschoben und mit Planen abgedeckt worden, der riesige, sechs Meter hohe Raum mit seiner Stuckdecke hatte eine tiefgreifende Verwandlung durchgemacht: Die 1930 gegründete Billard-Schule schloss nun ihre Türen, um zum Sitz von »France République« zu werden. Ein gewaltiges Schild, auf dem der Name und der Slogan standen – »Rechts von der Rechten« –, war an die Wand gelehnt. Alain und Vaugan saßen sich mit je einem Glas Rotwein in der Hand in bequemen Chesterfield-Sesseln gegenüber, ein letzter Überrest der alten Einrichtung, während sich um sie herum etwa fünfzehn Arbeiter betätigten. Vaugans Leibgarde, fünf kurzgeschorene junge Männer und eine Frau in einer Art Kampfanzug, hatte sich bei Alains Erscheinen in den Hintergrund verzogen. Sie warteten geduldig auf den Barhockern und schauten auf ihre Smartphones. Die Säge verstummte.

»Ja«, fuhr Vaugan gelassen fort und ließ sein Glas kreisen, »ich spinne nicht, ich habe wirklich gewonnen, das ist kein Witz. Der Typ aus Paris, der vor fünf Monaten die hundertvierzig Millionen eingesackt hat – das bin ich. Ich werde jetzt vom Staat gesponsert!«, rief er begeistert. »Ich bin von gesellschaftlichem Nutzen! Seit dreißig Jahren spiele ich jetzt schon dieses verdammte Spiel, es war nur gerecht, dass es mich endlich trifft. Ich meine, ist dir klar, dass ein Islamist den Jackpot hätte knacken können?«, fuhr er fort und starrte Alain dabei an. »Was hätte er wohl mit der ganzen Kohle gemacht? Hast du darüber mal nachgedacht?«

»Ich bin nicht sicher, ob die überhaupt Lotto spielen«, versuchte es Alain.

»Man weiß nie«, entgegnete Vaugan, »aber der Sieger bin ich. Ich habe mehr Vermögen als die Republikaner und die Sozialistische Partei zusammen. Ich habe das Gebäude gekauft, mein Büro richte ich oben ein. Und die Partei benenne ich um, WMA geht nicht mehr, ich habe einen PR-Berater, der sich um all das kümmert. Der Idiot sagt mir auch, dass ich in Anzug und Krawatte ins Fernsehen soll. Weil wir im Kommen sind … Verstehst du? Wir sind im Kommen. Und nicht nur in Frankreich, in ganz Europa«, verkündete er mit glänzenden Augen. »Alle werden uns folgen, sogar die Chinesen, sie vor allem, die sind mit Knüppelschlägen aufgewachsen, die wissen, was Heimat und Disziplin sind. Weißt du, nur die Amis und drei oder vier europäische Präsidenten glauben noch an die Demokratie. Am Arsch, die Demokratie! Schau, was sie mit dem Irak gemacht haben … ein funktionierendes, modernes Land, das jetzt religiösen Barbaren und marodierenden Banden ausgeliefert ist! Wir wissen nicht mal mehr, wer im Irak regiert! Und in Libyen sieht es genauso aus.« Vaugan beugte sich zu Alain vor und starrte ihm direkt in die Augen: »Könige, mein Freund, und Diktatoren, ich sag dir, nur das funktioniert: Königreich oder Diktatur. Nur dann ist das Volk frei.«

»Und deine Partei heißt France République?«

Vaugan brach in lautes Gelächter aus. »Haha, guter Witz! Aber davon lässt sich niemand hinters Licht führen.« Dann fuhr er kühl fort: »Tito, Saddam, Franco, Mussolini, Gaddafi, mögen Sie in Frieden ruhen, waren große Männer.«

»Und Hitler?«, hakte Alain nach.

Vaugan ließ sich in seinen Ohrensessel zurücksinken und schenkte ihm ein gutmütiges Lächeln. »Du wirst dich nie ändern.«

»Du siehst also Frankreich mit dir als Diktator?«, fragte Alain mit matter Stimme, bevor er einen Schluck Wein trank.

»Zum Beispiel. Ich habe das richtige Profil, oder? Ich kann mit Putin diskutieren, gar kein Problem, sogar mit dem amerikanischen Präsidenten, *no problem*, ich spreche sehr gut Englisch, ich werde ihm Frankreich erklären: Erst einmal gibt es unser Land seit tausend Jahren, deins wurde gerade erst geboren, du bist uns fünf Jahrhunderte hinterher, also halt's Maul! Du erteilst uns keine Lektion, wir werden ja sehen, wie es um dein Amerika in tausend Jahren steht, ob es überhaupt noch existiert.«

»Ein guter Einstieg für ein Gespräch mit einem Staatschef«, kommentierte Alain trocken.

»Ja, nicht wahr? Das muss doch richtiggestellt werden. Hört ihr vielleicht mal auf mit diesem Lärm dahinten! Man versteht sein eigenes Wort nicht mehr!«, bellte Vaugan. Die Baustellengeräusche verstummten. »Da kommst du nicht mit, das sehe ich dir an, du lebst in der alten Welt, das kann man niemandem vorwerfen, wir werden für Leute wie dich Umerziehungsprogramme einrichten.«

Alain schaute Vaugan an, wie er schlaff und selbstsicher in seinem Sessel hing.

»Weißt du, wir sind ein bisschen wie die 17 …«

»Die 17?«

»Ja«, entgegnete Vaugan und trank einen Schluck Wein, »der Polizeinotruf. Viele Leute mögen die Polizei nicht, spucken auf die Bullen und doch … Wenn sie eines Tages in der Scheiße sitzen, werden dieselben Leute sich freuen, dass sie die 17 wählen können und die Polizei kommt. Ihr werdet noch froh sein, wenn das Land am Abgrund steht und ich und meine europäischen Kameraden mit unseren Flaggen kommen, unseren einfachen Ideen und unseren Lederjacken. Ihr werdet uns rufen, und dann wird die radikale Rechte kommen und auf Bitte des Volkes für Ordnung sorgen!«

Es entstand ein Moment Stille, dann sagte Vaugan: »Du wolltest mich wegen irgendetwas sprechen?«

»Das ist mit Sicherheit sehr weit weg von dem, was dich beschäftigt. Der hier kam mit der Post«, sagte Alain und reichte ihm den Brief von Polydor.

Vaugan zog das Schreiben aus dem Umschlag, faltete es auseinander und begann zu lesen. »Scheiße auch …«, murmelte er und gluckste, »das haut mich um.« Er drehte den Umschlag um, schaute erneut auf den Stempel, dreiunddreißig Jahre Verspätung! »Das überrascht mich nicht, es arbeiten nur noch Schwarze bei der Post, letztens bin ich hin, man hätte meinen können, man ist auf den Antillen.«

Alain antwortete nicht.

»Scheiße, Mann … Begreifst du, was das bedeutet? Wir wären vielleicht größer geworden als Indochine, wir würden vielleicht im Stade de France spielen.« Der Gedanke schien bei ihm Visionen hervorzurufen. »*Sic transit gloria mundo*«, sagte Vaugan dann und gab Alain den Brief zurück.

»*Gloria mundi*«, korrigierte ihn dieser.

»Ist doch das Gleiche«, entgegnete Vaugan, »so vergeht der Ruhm der Welt, und der unsere.«

»Hast du vielleicht noch die Kassette?«

»Ist das die Sache, die du mich fragen wolltest?«, fragte Vaugan matt. Er machte eine ausholende Bewegung, verzog den Mund zu einem Schmollen. »Die Kassette ist in Rauch aufgegangen, zusammen mit dem Rest, beinahe wäre das ganze Black Billard abgebrannt, vor drei Jahren, angeblich ein Kurzschluss im Keller, mitten in der Nacht. Ich glaube nicht daran, genug Leute hatten Interesse daran, mit meinem Schuppen ein Freudenfeuer zu veranstalten. Das Wertvollste habe ich in einem Bankschließfach, aber den Rest hatte ich hier aufbewahrt, und nichts ist mehr übrig, gar nichts mehr«, klagte er mit angewiderter Miene. »Und dabei hänge ich an der Vergangenheit, meiner und der Frankreichs, die Vergangenheit, Alain: die Armut auf dem Lande und die Kirchen, die kleinen Kirchen, die dem Verfall überlassen werden, mit undichtem Dach und jungen Pastoren, die mit einem Arschtritt bezahlt werden, während man Millionen bereitstellt, um Moscheen zu bauen, hast du daran mal gedacht, Alain? Nein, daran denkst du nicht«, fügte er hinzu, »zum Glück denken andere daran, immer mehr Leute, sie denken daran, und sie leiden darunter! Scheiße, das ist echt gut, was ich gerade gesagt hab, warte mal.« Er zog ein digitales Aufnahmegerät aus seiner Tasche und wiederholte seinen Satz, den er anschließend mit einem Kopfnicken guthieß. »Ich nehme alles auf, ich habe dieses Drecksding immer dabei, auch die Journalisten nehme ich bei Interviews auf, und alle meine Telefongespräche. Sobald ich mit jemandem spreche, nehme ich es auf.«

»Hast du unser Gespräch auch aufgenommen?«, wagte Alain zu fragen.

»Aber nein«, sagte Vaugan und zog die Schultern hoch, »bei dir ist das was anderes, du bist nicht gefährlich, du bist doch ein alter Kumpel. Ich habe übrigens etwas für dich. Kevin!«

Einer der jungen Männer sprang sofort von seinem Barhocker.

»Bring mir für meinen Freund zwei Einladungen fürs Zénith. Wir präsentieren die Partei nächste Woche, es gibt nur noch wenige Plätze«, fügte Vaugan stolz hinzu. »Ja, so ist es, wir füllen das Zénith aus«, schloss er mit einem leisen Zungenschnalzen. »Und das ist nur der Anfang.«

Einige Minuten später war Alain gegangen, und der PR-Berater hatte sich in den Chesterfield-Sessel gesetzt. Er sprach über Bühnenoutfits: etwas Strenges, dunkelgrau mit hellgrauer Krawatte, Typ »Banker«, aber nicht zu sehr, »eine angesehene Persönlichkeit aus einer Metropole«, mit Schnürschuhen, vor allem keine Mokassins. Vaugan hörte ihm zerstreut zu. Diese Geschichte mit dem in der Post verlorenen und plötzlich wieder aufgetauchten Brief hatte ihn ein wenig aus dem Gleichgewicht gebracht. Er konnte nicht anders, als sich in einem großen Anwesen in den Hügeln von Los Angeles vorzustellen. Dutzende von Jukeboxen standen herum, an den Wänden hingen Bässe, es gab einen riesigen Swimmingpool und weiche Sofas. Eine Ruheoase zwischen zwei Welttourneen, er war weit über die Hologrammes hinausgewachsen, hatte zahlreiche berühmte Gruppen und Künstler begleitet. Er war ein gefragter und angesehener Bassist, so genial wie Pastorius und Tony Levin, vielleicht sogar wie Roger Waters. Er war ein Mythos geworden. Manchmal, selten, würde er *Rock & Folk* oder *Rolling Stone* am Rand seines Pools oder in der Bar eines Luxushotels ein Interview gewähren.

»Also?«, fragte der breit lächelnde Agent. »Was sagen Sie? Ist das nicht ein großartiges Vorhaben?«

Vaugan sah ihn an und fragte sich, wieviel er diesem Clown eigentlich zahlte. Es gab zwei Dinge, bei denen er von Anfang an nicht mit sich hatte reden lassen: Er wollte ein hohes Podium, auf dem er sich mit einem Krawattenmikrophon frei bewegen konnte, und vor allem musste sein Auftritt von dem Song *Eye of the Tiger* aus *Rocky 3* begleitet werden.

Alain saß vor einem Café, trank einen Espresso und schaute zu, wie sich die Wintersonne über den Gebäuden in zartlilafarbenes Licht auflöste. Ein Mann in einem Lodenmantel, auf dem Kopf einen eleganten Hut mit einer Feder an der Seite wie ein Jäger, setzte sich an den Nachbartisch und bestellte einen Kaffee. Er zog seine Wildlederhandschuhe aus, als der Ober ihm die Tasse brachte, und trank einen Schluck, bevor auch er in den Anblick der Häuserfassaden versank.

»Sie sind mir sympathisch, Herr Doktor«, sagte der Mann, ohne den Blick von den Häusern zu lösen.

»Pardon?«, fragte Alain, »kennen wir uns?«

»Nein«, antwortete sein Gegenüber, der ihn zu bemitleiden schien, »aber kennt man die Leute denn jemals? Retif de La Bretonne sagte stets: ›Wenn man jemanden ansieht, sieht man nur die Hälfte.‹«

Der Mann drehte sich zu Alain, fixierte ihn mit seinen blassblauen Augen, ein Lächeln auf den Lippen.

»Wer sind Sie?«, fragte Alain, »die RG, die DST oder irgendein anderer Geheimdienst?«

»Die RG, die DST, der SDECE, die DGSE … All das ist Vergangenheit. Vaugan hat Ihnen etwas gegeben, wären Sie so freundlich, es mir zu zeigen, Herr Doktor?«

Alain wollte zunächst empört ablehnen, schließlich zwang ihn nichts dazu. Die absolut galante Art, mit der

der Mann sein Anliegen hervorgebracht hatte, verlangte jedoch eine höfliche Reaktion. Alain zog die beiden Einladungskarten aus seiner Manteltasche und reichte sie ihm.

»Ich danke Ihnen«, sagte der Mann, als er nach ihnen griff. Er betrachtete sie einen Moment. »Erste Reihe, Ehrenplätze«, sagte er laut. »Haben Sie vor hinzugehen?«

»Wer weiß?«, antwortete Alain misstrauisch.

Der Mann nickte und riss dann die Karten entzwei.

»Was fällt Ihnen ein!«, sagte Alain, ohne dass dies auf den Mann mit dem kleinen Hut Eindruck gemacht hätte, der die Kartonstücke sorgsam in winzige Fetzen riss und sie dem Abendwind übergab.

»Das Fernsehprogramm ist phantastisch an dem Abend«, sagte er. Dann holte er einen Zehneuroschein hervor, klemmte ihn unter seine Kaffeetasse: »Sie sind eingeladen.« Er erhob sich, zog seine Wildlederhandschuhe an und legte den Kopf schräg: »Es freut mich, Ihre Bekanntschaft gemacht zu haben.«

Als er auf dem Gehweg davonging, wollte Alain ihm hinterherrufen: »He! Wo gehen Sie hin? Kommen Sie gefälligst zurück!« Aber in dem Moment wurde die Gestalt im Lodenmantel von einem weißen Wagen eingeholt, der sanft neben ihm zum Stehen kam, Alain glaubte, einen Audi zu erkennen, es konnte aber auch ein Mercedes sein. Der Mann stieg ein, und das Gefährt verschwand im Verkehrsstrom.

Potaufeu

»Das nimmt mir doch niemand ab! Mit dieser Schürze und dem Kochlöffel sehe ich aus wie ein Vollidiot.«

»Nein, JBM, Sie sehen nicht aus wie ein Vollidiot, Sie sehen aus wie ein Durchschnittsfranzose.«

Während er im siedenden Potaufeu rührte, das seine Köchin zubereitet hatte, blickte JBM Domitile an. Seine Hemdsärmel hatte er hochgekrempelt und die Manschettenknöpfe abgelegt, genauso wie seine Armbanduhr von Breguet.

»Ich bin kein Durchschnittsfranzose, ich bin einer der vermögendsten Männer Frankreichs«, entgegnete JBM.

»Ja, aber das wissen die Leute nicht, und wenn sie es erfahren, sagen wir, dass es nicht stimmt, dass es eine Übertreibung ist, und überhaupt, die Tatsache, dass sie genug Mittel haben und trotzdem selbst kochen, beweist, dass sie ein guter Kerl sind. Schauen Sie sich diese Küche an«, sagte Domitile und breitete die Arme aus, »die geschmackvollen Schränke, die Gewürze, das Gemüse, das warme Licht – man möchte am liebsten herkommen, Ihr Potaufeu kosten, JBMs Potaufeu! Sie bringen die Menschen zum Träumen, vor allem die Frauen, Sie sind der ideale Mann«, rief sie begeistert.

»Der Lebemann, der das Sonntagsessen zubereitet, während seine Frau auf dem Sofa Zeitschriften liest und seine großen Kinder SMS verschicken …«

»Hören Sie auf, Domitile, mir wird noch ganz schwindlig von diesem Unsinn«, zischte JBM.

»Lächeln, bitte«, befahl der Fotograf, »ein Lächeln, ah, sehr schön, perfekt. Wir machen noch eins, können Sie den Eintopf mit einem Löffel kosten?«

Seit einer halben Stunde rührte JBM im Licht der in der Küche aufgestellten Scheinwerfer und im Blitzlichtgewitter des Fotografen in einem inzwischen verkochten Potaufeu. Die Hausangestellten – die für den Eintopf verantwortliche Köchin, der Butler und das Hausmädchen – hatten sich diskret in den Türrahmen zurückgezogen und schauten *Monsieur* dabei zu, wie er den Hobbykoch spielte, während sie sich das Lachen und gegenseitiges Anstoßen mit dem Ellenbogen verkniffen. *Monsieur*, der nicht einmal selbst ein Ei kochen konnte, der gerade einmal dazu fähig war, eine Nespressokapsel in die Maschine zu legen.

»Halten Sie mich für Alain Ducasse oder was?«, fragte JBM verärgert.

»Er hat recht, tolle Idee, kosten Sie die Brühe, na also, so ist es gut, schauen Sie uns an, bravo … so ist es perfekt! Ja so! Phantastisch! Lächeln Sie! So wollen wir es! Man glaubt daran, wir haben es, wir werden es essen, dieses Potaufeu!«, kreischte Domitile.

Nach dem Foto beim Gemüseschneiden, bei dem sich JBM beinahe den Daumen abgehackt hätte, der Aufnahme im Garten des Herrenhauses, bei der er, die Hand auf Blanches Schulter gelegt, mit dem Finger in den Himmel gezeigt und sie lächelnd geschaut hatte, worauf er zeigte – eine Taube, ein Flugzeug, eine Fliege, egal, es war ein schlichter Moment der Verbundenheit mit einem symbolisch in die Zukunft gerichteten Blick vonnöten –, waren sie zu der Einstellung »Potaufeu« gelangt, die letzte, bevor sie an der Gare de Lyon ihr Meisterwerk kreieren würden: das Foto von JBM vor den Schienen. »Sechs Seiten in *Paris Match*, dafür können Sie sich ein wenig anstrengen«, sagte Domitile. Blanche war bei dem »kulinarischen Augenblick« nicht anwesend, sie hatte sich von JBM verabschiedet, um zum Flughafen zu fahren. Sie würde mit einem Teil ihres Teams für einige Tage nach New York fliegen, wo die jährliche Verwaltungsratssitzung der Aktionäre von Caténac in den Vereinigten Staaten stattfand.

JBM nutzte eine Pause, um zu Aurore ins Wohnzimmer zu gehen. Sie schaute auf BFM-TV Vaugan dabei zu, wie er Werbung für seine Versammlung machte, die am Abend im Zénith stattfinden würde. Sein übliches schwarzes T-Shirt hatte er gegen einen Anzug mit Krawatte getauscht, der von einem exzellenten Schneider zu stammen schien. »Ich spreche zum Volk, ich habe eine Mission, ich gründe France République nicht, um mir die Taschen vollzuscheffeln.« »Eine rechtsextreme Partei?«, unterbrach ihn der Journalist. Vaugan ignorierte die Frage und fuhr dann fort, über die Gesamtheit der politischen Parteien und die Lobbyisten von der

ENA zu sprechen, die das Land führten. Er sei für die Schließung der elitären Hochschule, warum solle man das Gebäude nicht gleich abreißen, schließlich mangele es der Stadt an Grünflächen.

Für viele war Vaugan ein *Nützlicher Idiot*, aber JBM teilte diese Meinung nicht. Er sah ihn eher als einen jener Unglückspropheten, die vor der herannahenden Katastrophe aufblühen.

Das Internet hatte einer beeindruckenden Anzahl von Erleuchteten jeder Couleur ermöglicht, sich einen Ruf zu konstruieren, wenn nicht sogar eine Persönlichkeit. Über die sozialen Netzwerke konnten sie Diskurs und Theorie an ein Publikum bringen, das nicht zu vernachlässigen, aber schwer zu fassen war. In der *alten Welt* vor der digitalen Revolution Ende des 20. Jahrhunderts hätten solche Gurus nie so einflussreich werden können. Sie hätten Tausende von Strippen ziehen müssen, um klammheimlich ein Pamphlet herauszugeben, das auf vollkommene Gleichgültigkeit gestoßen wäre, ihre Zuhörerschaft hätte höchstens zwei Bistros und drei Vereine umfasst. Niemals hätten sie Eingang in die Zeitungsspalten gefunden, noch weniger hätten sich ihnen die Tore zum Fernsehen geöffnet. Die Entstehung eines Paralleluniversums von globalem Ausmaß hatte Andy Warhols Prophezeiung, jeder werde in Zukunft fünfzehn Minuten seines Lebens berühmt sein, wahr werden lassen: Sänger, Komiker, Starlets hatten die Öffnung genutzt und führten ihre winzigen Unternehmen dank kostenpflichtiger Websites oder diverser Konsumgüter, die sie zum Verkauf anboten: CDs oder DVDs, T-Shirts,

Tassen, Bücher und sogar Hilfsfonds, die ihnen ein materielles Auskommen sicherten. Wer Glück hatte, wurde von lauernden Produzenten entdeckt und wagte schließlich einen Versuch vor Publikum oder laufenden Kameras. Eine kleine Gruppe von ihnen würde die Entnahme aus dem Goldfischglas Internet überleben und sich an richtigen Sauerstoff gewöhnen können, wie diese Fische aus der Jurazeit, denen Füße gewachsen waren, mit denen sie aufs Festland kamen. Im besten Fall entdeckte man unter ihnen einen Schlagersänger, der einige Jahre lang Erfolg haben würde, im schlimmsten eine doofe und narzisstische Schaumschlägerin, die den Reality-Shows im Fernsehen und den Klatschblättern goldene Zeiten bescherte, bevor die Maschinerie sie wie einen überflüssig gewordenen Sündenbock wieder ausspie.

Eine andere Gruppe blieb undurchsichtig. Die Welt 2.0 hatte ihre Sphären einer neuen Art von Predigern geöffnet. Ob religiös oder nicht, sie alle beabsichtigten, immer mehr Normalsterbliche in die Mysterien der Welt von heute einzuführen, zu denen jeder den Schlüssel zu besitzen vorgab: Dschihadisten, Faschisten, Verschwörungstheoretiker, Überlebenskünstler, Antizionisten und andere selbsterklärte Spezialisten brauten aus ihren politischen Theorien und ihrer *Ersatzlösung* einen gefährlichen Cocktail. Die neuen Häretiker tummelten sich im Netz und deckten das gesamte politische und religiöse Spektrum ab – mit Ausnahme der friedfertigen Buddhisten, die ähnlich neutral blieben wie die Schweiz. Vaugan, der am rechtsextremen Rand der Rechtsextremen seine Ellenbogen ausgefahren hatte, hatte sich innerhalb weniger Jahre eine gewisse Stellung erobert und gedachte nicht, diese aufzugeben. Auf der Website seiner Splittergruppe konnte man Woche für Woche seine Videokolumne zum aktuellen Geschehen ansehen, in der er völlig ungestraft seine Sicht der Dinge darlegte, seine Analysen und Lösungsvorschläge. Am Ende hatte er es in die Presse und sogar ins Fernsehen geschafft, wo sie ihn, unter Vorbehalten, in ein paar Talkshows eingeladen hatten. Schlau wie er manchmal sein konnte, trat Vaugan dort besonnen und sogar freundlich auf. Der Onkel vom Militär, vor dem man sich auf den ersten Blick fürchtet, der sich aber beim gemeinsamen Abendessen als recht sympathisch erweist. Wenn ihm Ausschnitte aus seiner Videokolumne vorgeführt wurden, in denen er in Rage geraten war, begnügte er sich, mit gutmütiger Miene zu äußern, er sei eben heißblütig, was im Übrigen eine französische Charaktereigenschaft sei. Vaugan gelang es, aus allen Ecken diejenigen zusammenzuführen, die enttäuscht worden waren, von den radikalsten Rechtsextremen bis zu katholischen Fundamentalisten, über verzweifelte Langzeitarbeitslose, Verschwörungstheoretiker, Wütende, Verbitterte, Verlorene. Alles in allem nicht wenige Menschen.

»Er macht einen guten Job, oder?«

Domitile hatte das Wohnzimmer betreten und sich hinter JBM und Aurore gestellt.

»Er hat einen PR-Berater, David Bachau, einer meiner ehemaligen Schüler, wenn ich das so sagen darf. Auch Sie brauchen PR, JBM, und Sie haben zum Glück nicht den Schüler, Sie haben den Meister«, sagte sie stolz und legte ihre Hand mit den makellos lackierten Nägeln auf seine Schulter.

»Vaugan kann sich einen PR-Berater leisten?«, fragte JBM vorsichtig, während er mit einem Klick der Fernbedienung das Gerät ausschaltete.

»Anscheinend verfügt er über ein ansehnliches Privatvermögen«, sagte Domitile.

»Ein ansehnliches Privatvermögen? Sie machen Witze«, antwortete JBM. »Er ist der Sohn eines Schusters aus Juvisy und einer Tippse, früher hatte er keinen Heller …«

»Woher wissen Sie das?«, wunderte sich Domitile.

JBM zuckte mit den Achseln. »Muss ich beim Friseur gelesen haben …«

Einer von Domitiles Assistenten rief sie wegen der Fotos an der Gare de Lyon.

»Haben Sie ihn wirklich gekannt?«, fragte Aurore.

»Ja, in einem anderen Leben, er war ein außergewöhnlicher Bassist.«

»Ein Bassist?«

»Ja, er spielte Bass in einer Rockgruppe, New Wave Pop, Cold Wave, um genau zu sein, Stan Lepelle gehörte auch dazu, der Künstler, und ein Gitarrist, der ist Arzt geworden, glaube ich, wie sein Vater. Ich habe damals die Probeaufnahmen finanziert, Pierre hat die Texte geschrieben … Schade, dass es nicht geklappt hat, dabei waren sie gut. Ich habe oft gedacht, dass diese Band mein einziger wirklicher Misserfolg war. Die einzige Sache, die ich finanziert habe und die nicht funktioniert hat.«

»Wer war der Sänger, Sie etwa?«

»Nein«, sagte JBM, »das war nicht ich, sie hatten eine Sängerin.«

»Was ist aus ihr geworden?«

»Ich weiß es nicht«, murmelte JBM.

Er verfiel in Schweigen.

»Ich werde nachschauen, ob alles läuft«, sagte Aurore und ging in Richtung Garten.

JBMs Blick fiel auf die schwarze Ledertasche, die Pierres Urne enthielt. Er hatte sie am Vortag von der Bank abgeholt. In der vorangegangenen Woche hatte er eine Reportage über den *Désert de Retz* gesehen – einen Privatpark am Rand des Forstes von Marly, übersät mit esoterisch anmutenden Bauten, die ihm eine besondere Atmosphäre verliehen, und er schien dem »Ort der Schönheit und der Geschichte« zu entsprechen, den sich Pierre für seine Asche gewünscht hatte. Pierre hatte diesen mythischen Ort zudem oft erwähnt, die letzte Kapriziosität eines adeligen Ästheten und Misanthropen, eingeweiht einige Jahre vor der französischen Revolution. JBM würde am Spätnachmittag hinfahren. Der Parkverwalter hatte seinem Anliegen zugestimmt, auch wenn es gegen das Gesetz verstieß, Asche in einem öffentlichen Garten zu verstreuen – JBM hatte eine bedeutende Schenkung angeboten, um die Restaurierung der historischen Bauwerke zu unterstützen, und war nach Eingang des Schecks sogleich »Fünf-Sterne-Mäzen« geworden.

»Wo ist man, wenn man tot ist, Pierre?«, murmelte JBM leise. Die Antwort war Stille. »Manchmal bist du ganz nah«, flüsterte er, »ich kann deine Gegenwart fast spüren, kann deine Zigarre riechen … Aber manchmal ist da gar nichts. Scheiße«, raunte er und beugte sich auf dem Sofa vor, »warum hast du mich im Stich gelassen? Schick mir ein Zeichen, irgendetwas …«

Aurore ging lautlos einen Schritt rückwärts, dann noch einen. JBM hatte sie nicht bemerkt. Er strich sich mit den Fingern das Haar zurück und starrte vor sich hin, schniefte und warf mit wütender Geste ein Kissen auf das Sofa, bevor er tief einatmete. Aurore wartete einige Sekunden und klopfte dann an die Glastür. JBM drehte sich um.

»Komm rein«, sagte er. Sein Gesicht war wieder fast ausdrucklos. »Gehen wir.« Er stand auf, nahm die Ledertasche, und sie gingen zum Auto.

»Er ist stinkwütend«, raunte sie ihm ins Ohr und zeigte auf Max, den Chauffeur.

Er stand mit verschränkten Armen neben einem Renault, und starrte mit zusammengepressten Lippen Domitile an, die telefonierte. Er nahm ihre Taschen entgegen – außer die mit Pierre, die JBM bei sich behielt –, stellte sie in den Kofferraum und ignorierte Domitile, als sie ihm ihre Louis-Vuitton-Tasche hinhielt. Er setzte sich hinters Steuer und schlug die Tür zu. Die, wie er es nannte, *Konfiszierung* des Lincolns hatte er als persönlichen Affront aufgefasst. Domitile hielt es für wichtig, dass JBM nicht mehr in einem amerikanischen, sondern in einem französischen Auto gesehen wurde. Um Blanche zufriedenzustellen, hatte JBM eingelenkt, doch mit der Absicht, den Lincoln wieder herbeizuschaffen, sobald diese »Komödie in Kürze beendet« sein würde.

Im Train Bleu

Einnehmend und motivierend war, dass für Domitile alles immer »phantastisch«, »wunderbar«, »ganz genau so« war. Diese PR-Leute mussten in speziellen Kinderkrippen erzogen worden sein, wo man ihnen Infusionen aus Optimismus und Selbstvertrauen über einen Tropf in die Adern gepumpt hatte. Ihr Beruf bestand vielleicht vor allem darin, dieses fabelhafte Fluidum an ihre Kunden weiterzugeben. Seit er an der Gare de Lyon am Bahnsteig stand, war Domitile aufgeregt wie ein kleines Kind. Sie schien sich so über JBM vor den Gleisen zu freuen wie ein kleines Mädchen über das Barbie-Haus unterm Weihnachtsbaum. Sie knallte ihre Stilettos auf den Asphalt und bombardierte JBM mit Ratschlägen: »Sie sehen phantastisch aus, so ist es wunderbar, ganz genau so, schauen Sie ein wenig weiter nach oben.«

»Wie lange wird das noch dauern? Wir haben nämlich viel zu tun«, merkte Aurore an.

»Ich habe auch viel zu tun«, antwortete Domitile, »ich arbeite für Frankreich.«

Als sie Aurores ausdruckslosen Blick auffing, riss sie sich ein wenig zusammen – ihr fiel ein, dass die junge Frau, mit der sie sprach, nicht irgendwer war, sondern dass sie ganzseitig in *Forbes* unter der Rubrik *Tycoon's Angels* zu sehen war, kurz gesagt, dass sie keine Praktikantin war, die man zum Kopierer schickte, sondern eine Assistentin, die eine Vielzahl von internationalen Geschäftsleuten gerne für eine sechsstellige Summe abgeworben hätte.

»Ja, ich verstehe«, sagte sie, als sie sich gefangen hatte, »keine Sorge, Aurore, wir müssen warten, bis sich das Licht noch einmal ändert, dann bekommen Sie ihn zurück.«

»Aurore!«, rief JBM. »Ich weiß nicht, wie lange dieser Unsinn noch dauert. Übernehmen Sie heute Vormittag das Steuer. Haben Sie alles dabei?«

»Ja, alles da.«

»England, Russland?«

»Alles da«, wiederholte Aurore.

»Perfekt, Sie fangen an, während ich … an einem Bahnsteig den Schauspieler mime«, murrte er und nahm seinen Platz am Gleis ein.

Eine Viertelstunde später passte das Licht immer noch nicht, und es wurde entschieden, eine Pause zu machen. Aurore saß im Schneidersitz an einen Poller gelehnt, vor sich zwei Aktenordner, drei iPhones und zwei Tablets. Sie hatte, nachdem sie sich Kopfhörer über die Ohren gezogen hatte, Stift und Heft hervorgeholt und sprach nun mit jemandem am anderen Ende der Leitung auf Russisch, während sie Notizen machte. JBM trat zu ihr.

»Wie läuft's?«, fragte er leise.

»Wie geplant«, flüsterte sie.

»Ich gehe einen Kaffee im Train Bleu trinken«, sagte JBM. »Kommen Sie nach.«

Aurore nickte zum Zeichen, dass sie verstanden hatte, ihm nicht antworten konnte und später nachkommen würde. Der Fotograf ließ sich neben Domitile nieder, die sich die Aufnahmen ansah, und blickte zu Aurore.

»Sie ist schön, ich würde sie gern fotografieren, glauben Sie, ich kann sie darum bitten?«

»Denken Sie nicht einmal daran«, antwortete Domitile, ohne den Blick vom Bildschirm abzuwenden, »ich verbiete Ihnen, sie anzusprechen.«

JBM stieß die Drehtür der berühmten Brasserie auf, der Oberkellner eilte ihm entgegen.

»Ich möchte einen Kaffee trinken.«

»Einen Kaffee …«, wiederholte der Oberkellner sichtbar verstört, »… ich werde einen besonders guten Platz für Sie finden.« Mit einem Fingerschnippen rief er einen Kellner herbei: »Einen Kaffee für die 12!«, verkündete er.

»Danke«, murmelte JBM.

»Ich bitte Sie, Monsieur Mazart«, entgegnete der Oberkellner mit einem Lächeln.

Als JBM sich an einen freien Tisch im großen Saal setzte, beendete am Nachbartisch ein Paar gerade sein Mittagessen, ebenso eine Vierergruppe Geschäftsmänner, die zu flüstern begannen und unauffällig in seine Richtung deuteten. Einige Tische weiter saß eine Frau allein am Fenster und schaute ihn an, ein feines Lächeln auf den Lippen. Sie hatte einen Ellenbogen auf die Tischdecke gestützt und ihr Gesicht in die Hand.

So verharrte sie eine Weile und betrachtete JBM. Dieser schaute sie ebenfalls an, da zeichnete sich Überraschung in seinem Gesicht ab.

Er flüsterte: »Bérangère?«

Sie nickte leicht, sie hatte ihren Vornamen von seinen Lippen abgelesen. JBM schob den Tisch zurück, stand auf und ging zu ihr.

Die sieben Meter, die sie trennten, erschienen ihm wie ein Meer aus Zeit, ein unergründlicher Raum wie der Limbus, wo jeder seiner Schritte mehrere Jahre zählte. Als er an ihrem Tisch ankam, waren dreißig Jahre vergangen. Bérangère, die auf ewig zwanzig gewesen war und nur in jenem Kokon unter JBMs Hirnrinde existiert hatte, war zu einer fünfzigjährigen Frau geworden.

»Guten Tag, Jean«, sagte sie, als er vor ihr stand. »Ich habe meinen Zug verpasst«, erklärte sie achselzuckend, als ob sie ihre Gegenwart rechtfertigen müsste.

»Verzeihen Sie«, fragte der Ober, ein Tablett in der Hand, »trinken Sie Ihren Kaffee an diesem Tisch, Monsieur?«

JBM sah Bérangère an und zögerte einen Augenblick: Sollte er sich an ihren Tisch setzen oder ihre Tasse zu seiner stellen lassen? Bérangère kam ihm zuvor: »Stellen Sie ihn hierher«, sagte sie, und JBM ließ sich auf einem Stuhl nieder.

Die lange Strähne, die ihr früher in die Stirn gefallen war, war inzwischen verschwunden, und sie trug das Haar schulterlang. Auch wenn ihr Gesicht sich natürlich verändert hatte, war darin eindeutig die junge Frau von damals zu erkennen. Nur lag der Schleier der

Jahre darüber, sodass ihre früheren Züge wie leicht verschwommen wirkten. Der Blick war unverändert, tief in ihren Augen war immer noch dieses ironische Blitzen zu sehen, das zu sagen schien: Das Leben hat uns ganz schön zugesetzt, über die Zukunft wissen wir nichts, aber was macht das schon. Auch ihre Stimme – diese sanfte, ruhige, ziemlich tiefe Stimme – hatte sich, den wenigen Worten nach zu urteilen, die sie bisher gesprochen hatte, nicht verändert. Die Stimme, die er seit dreiunddreißig Jahren nicht mehr gehört hatte.

»All das kommt höchst unerwartet«, sagte JBM.

»Ja«, sagte Bérangère lächelnd und sah in ihren Kaffee, »im Leben kommt das meiste höchst unerwartet.«

»Du bist immer noch genauso schön wie früher«, fügte er nach einem Moment des Schweigens hinzu.

»Schmeichler«, murmelte sie, bevor sie den Blick hob und ihn ansah.

Was sagt man zu einer Frau, die man vor mehr als dreißig Jahren geliebt hat und der man zufällig am Bahnhof begegnet? Die man nur für ein paar Minuten und danach nie wieder sehen wird? Das ist, als ob man bei einer Wahrsagerin eine Karte aus dem Stapel zieht, als ob das Leben einem ein Almosen gibt, keine zweite Chance, sondern eine Art Augenzwinkern. Bérangère unterbrach seine Gedanken: »Glückwunsch«, sagte sie und stieß ihre Tasse gegen seine, »zu allem, was du in den letzten dreißig Jahren geschafft hast, aber ich habe nie an dir gezweifelt.«

»Danke«, murmelte JBM. »Und du, was hast du gemacht?«

»Ein bisschen weniger als du.« Sie lächelte. »Ich habe das Landhotel meiner Eltern übernommen.«

»Das Relais de la Clef?«

»Du erinnerst dich an den Namen?«, fragte sie erstaunt.

JBM nickte.

»Was das betrifft, hat sich in den letzten Jahren wenig geändert, bei uns wird immer noch Wein angebaut – der beste der Welt –, es kommen immer noch Touristen, der Romanée-Conti ist immer noch genauso teuer«, fügte sie mit einem Lächeln hinzu und fuhr sich mit den Fingern durchs Haar.

JBM rief ihr nicht die Anekdote in Erinnerung, die ihm dazu einfiel: An einem Wochenende, das er dort verbracht hatte, hatte einer der Weinbauern des prestigeträchtigen Gutes, das den seltensten Wein der Erde produzierte, ihnen jeweils ein Glas ausgegeben, direkt aus dem Fass. Seitdem hatte JBM, obwohl man es ihm mehrmals angeboten hatte, es mit Hilfe verschiedenster Ausreden stets abgelehnt, davon zu trinken – der Duft und der Geschmack des Romanée-Conti sollte für immer mit der Erinnerung an Bérangère verknüpft bleiben.

»Deine Eltern …«, fragte JBM stattdessen vorsichtig.

»Mein Vater ist verstorben, meine Mutter wollte lieber in eine Seniorenresidenz nach Beaune, und deine?«

JBM schüttelte den Kopf.

»Bist du verheiratet?«, nahm er den Faden wieder auf.

»Ich war es … Wir haben uns getrennt, und er ist vor fünf Jahren gestorben.«

»Das tut mir leid«, sagte JBM.

»Du bist verheiratet, wie ich weiß«, fuhr Bérangère fort, »hast du Kinder?«

»Ja«, antwortete JBM, der seine Gedanken nur schlecht von jenem sonnigen Nachmittag auf dem Weingut lösen konnte.

Das Ereignis, an das er fast nie zurückgedacht hatte, drängte sich in Sekundenschnelle wieder in seine Erinnerung, wie ein vergrabenes Fossil, das man aus dem Staub hebt, intakt und glänzend. Ein Nachmittag Anfang der achtziger Jahre, als sie jung waren, als sie, wie es so abgedroschen und doch so wahr heißt, *das ganze Leben noch vor sich hatten.* Und das Leben war so schnell verschwunden wie ein Umschlag im Briefkastenschlitz.

»Mädchen oder Junge?«, hakte Bérangère nach, als er schwieg.

»Jungen.« JBM war wieder zu sich gekommen. »Ich habe zwei Söhne. Aber leider keine Tochter«, fügte er mit einem Hauch Bedauern hinzu.

Bérangère legte leicht den Kopf schief, ohne ihn aus den Augen zu lassen.

»Und du?«

»Ich habe eine Tochter.«

»Wie alt ist sie?«

»Dreiunddreißig. Und deine Söhne?«

»Zweiundzwanzig und vierundzwanzig.«

»Wie die Zeit vergeht …«

»Ja«, murmelte JBM. »Erstaunlich, dass wir hier zusammen sitzen.«

Bérangère nickte. »Und Pierre? Wie geht es Pierre?«, fragte sie dann.

»Pierre … ist letztes Jahr verstorben.«

»Das tut mir leid, Jean …«

»Es ist nicht schlimm.« Er zeigte ein schiefes Lächeln, bevor er anfügte: »Ich glaube, dass es ihn sehr freuen würde, uns an diesem Tisch zu sehen. Lustig, ich habe eben von dir gesprochen, nun, nicht direkt von dir, aber ich habe von den Songs gesprochen, vor nicht einmal zwei Stunden.«

»Das war ein Zeichen«, sagte Bérangère.

»Vielleicht«, sagte JBM sanft, »vielleicht taucht jemand auf, wenn man ganz fest an ihn denkt.«

»Du hast ganz fest an mich gedacht?«, fragte sie mit gespielter Überraschung.

JBM lächelte und wusste nicht, wie er dieses Mal taktvoll reagieren sollte. Er musste es nicht: Auf Bérangères Telefon ging klingelnd eine SMS ein. Sie drehte es um, schaute kurz auf die Nachricht und legte es wieder hin, woraufhin ein zweites Klingeln ertönte, dann ein drittes.

»Du bist sehr gefragt«, stellte JBM fest.

Bérangère nickte.

»Wir haben uns einen Film angesehen«, fuhr er fort, »in einem Programmkino auf dem Boulevard Saint-Michel, einen Schwarzweißfilm, in dem eine Szene hier im Train Bleu spielte.«

»*Die Mama und die Hure* von Jean Eustache, mit Jean-Pierre Léaud, Bernadette Lafont und Françoise Lebrun.«

»Ja, der war es.«

Er schloss für einen Moment die Augen, und als er sie öffnete, war Bérangère immer noch da. Er hob den Zeigefinger und zitierte: »Ich mag diesen Ort; wenn ich schlechte Laune habe, komme ich hierher, die Leute sind hier meist nur auf der Durchreise, alles sieht aus wie in einem Film von Murnau, in Murnau-Filmen geht es immer um den Wechsel von Stadt zu Land, von Tag zu Nacht, hier ist es das Gleiche: rechts …« sagte JBM und zeigte auf die Drehtür der Brasserie, die zum Bahnhof führte: »die Züge, das Land … links«, sagte er und drehte sich zu den Fenstern: »die Stadt …«

Er brach ab.

»Mein Gott«, murmelte Bérangère ernst und schüttelte den Kopf, »was für ein Gedächtnis! Sag bitte, dass du ihn dir vor kurzem noch mal angeschaut hast?«

»Nein, niemals«, antwortete JBM traurig.

Sie schloss die Augen und schaute dann auf ihre Uhr: »Ich muss los, mein Zug steht bereits da.«

»Ich begleite dich.«

»Das Licht ist wunderschön«, sagte der Fotograf.

»Genau wie wir es haben wollten«, setzte Domitile, mit Blick auf ihren Bildschirm, noch eins drauf.

»Den Kopf höher, danke, sehr gut, Sie wirken ein wenig angespannter als vorhin«, bemerkte der Fotograf.

»Entspannen Sie sich, JBM, Sie sehen phantastisch aus«, sagte Domitile.

»Kaiser Napoleon ist auf St. Helena gestorben, Domitile, und er wurde nicht vergiftet, wie manche behaupten – er ist vor Langeweile umgekommen«, antwortete JBM, während er die Pose beibehielt.

»Das wird Ihnen wohl kaum passieren«, entgegnete Domitile, »ein wenig höher den Blick, perfekt!«

Es war nicht nur die Aufregung, Bérangère wiedergesehen zu haben – ein Gefühl, das er mit niemandem teilen konnte –, etwas an diesem kurzen Treffen beunruhigte ihn. Als wäre ihm etwas entgangen.

Bérangère

Man vergisst die Menschen, die Gesichter, die Namen. Ich weiß nicht mehr genau, wie Alain aussah, unser Gitarrist, der Medizin studiert hat und dessen Vater Arzt war. Als wir die Probeaufnahmen verschicken wollten, mussten wir eine Adresse für das Antwortschreiben angeben, falls überhaupt eines kommen würde – fünf Leute mit fünf Adressen hätten Verwirrung stiften können, es erschien uns klüger, nur eine zu nennen: Wer einen Brief von der Plattenfirma bekäme, würde den anderen Bescheid geben. Vaugan, der in Juvisy wohnte, merkte an, dass in der Post schon Pakete für ihn verloren gegangen waren, JBM hatte ein Zimmer gemietet, wollte dort aber nicht bleiben, er hatte vor, ins Hotel zu ziehen. Sein Bruder lebte mit einer jungen Frau zusammen, aber sie würden sich vielleicht trennen, Lepelle wohnte in einem Künstleratelier mit anderen Studenten der École-des-Beaux-Arts, und was mich betraf, so hatte ich ein angespanntes Verhältnis zu meinem Vermieter, der fand, dass ich in meiner Dachwohnung zu viele Gäste empfing. Alains Zuhause im 8. Arrondissement, wo die Haustür tagsüber offen stand, weil sein Vater Arzt war, schien die geeignete Adresse zu sein, umso mehr, da die neue portu-

giesische Concierge die Post sorgsam verteilte. Aber es ist nie etwas eingetroffen.

Selbst wenn ich die Augen schließe, entgleitet mir sein Gesicht, wie ein Name, der einem auf der Zunge liegt. Alain hatte braunes, im Nacken etwas längeres Haar. Ich glaube, er war in mich verliebt, aber da ich JBMs Freundin war, konnte er es nicht zeigen. Er hat mir die Vinyl-Single von Christophes Les Mots bleus geschenkt, er liebte dieses Lied und behauptete, dass es der Ausgangspunkt für die New Wave gewesen sei – keiner aus der Band stimmte ihm da zu. Nachdem ich es in den letzten Jahrzehnten so oft im Radio und im Fernsehen gehört habe, glaube ich inzwischen, dass er vielleicht nicht unrecht hatte, der Chanson war seiner Zeit voraus, es lag etwas Reines und Kaltes, eine Entschlossenheit darin. Vielleicht war es einfach nur ein Geschenk, vielleicht war Alain nie verliebt in mich, all das liegt so lange zurück. Noch ein anderes Gesicht ist aus meinem Gedächtnis verschwunden, das des Jungen, der am Synthesizer spielte, ich sehe nichts vor mir, nicht einmal seine Gestalt, ich glaube, er war blond oder hatte hellbraunes Haar, an seinen Namen kann ich mich nicht erinnern. Ich erinnere mich an Stan Lepelle – der nicht Stan, sondern Stanislas heißt – ich habe sein Gesicht ab und an gesehen, zuletzt vor kaum einer Woche in Le Monde, neben dem Artikel über seine Installation in Form eines riesigen Gehirns im Jardin des Tuileries. Er sieht ganz anders aus mit kurzen Haaren, damals hatte er Locken und trug Lederarmbänder mit Schnallen. Ich hätte mir keinen Augenblick vorstellen können, dass er mit zeitgenössischer Kunst Karriere machen würde – er *sagte zu uns, er gehe nur auf die Kunsthochschule, um seine Eltern zu beruhigen: eine staatliche Hochschule nach dem Abi, das war besser, als herumzuhängen und Musik zu machen. Er konnte großartig zeichnen, hatte aber überhaupt keinen Ehrgeiz. Sein Ding war das Schlagzeug, er kannte die großen Schlagzeuger der Rockgeschichte alle beim Namen und erlaubte sich sogar, Zweifel am Talent von Charlie Watts, dem Schlagzeuger der Stones, zu äußern. Wenn es einen gab, von dem ich dachte, dass er bei der Musik bleiben würde, dann war er es. Und natürlich Vaugan. Damals war er dick, und sein speckiges Gesicht hatte noch kindliche Züge, was seinen Topfhaarschnitt hervorhob. Er war ein eher schüchterner Junge. Zurückhaltend.*

Gut fünfundzwanzig Jahre später sah ich im Fernsehen eine Talkshow, zu der ein Mann mit rasiertem Schädel geladen war, dessen Namen der Moderator zwar nannte, bei dem ich aber erst, als ich etwas in seinem Blick erhaschte, sicher war, dass der Provokateur im schwarzen T-Shirt und Sébastien aus Juvisy wirklich dieselbe Person waren.

Ich wusste, dass er damals in eine junge Frau aus seiner Straße verliebt war, der er regelmäßig an einer Bushaltestelle in Juvisy begegnete. Er schaffte es nicht, sie anzusprechen und hatte dies mir gegenüber angedeutet, während er auf seine Schuhe starrte. Einmal habe ich ihn zu seinen Eltern begleitet. »Das ist sie«, murmelte er, als uns eine hübsche Blonde auf dem Gehweg entgegenkam. »Hallo, Seb«, sagte sie, »Hallo, Nathalie«, antwortete Vaugan. »Sprich mit ihr, das ist die Gelegenheit«, flüsterte ich ihm zu, doch Vaugan schüttelte nur den Kopf und brummte etwas Unverständliches. Was wohl aus dem Mädchen mit den blonden Zöpfen geworden ist? Ob sie sich noch an Vaugan erinnert? Vielleicht nicht einmal das. Stellt sie eine Verbindung her zwischen ihrem Nachbarn, dem dicken Seb mit dem Topfschnitt, der Bass spielte, und dem Mann, der den europäischen Pakt brechen und alle Ausländer nach Hause schicken wollte? Sicher ist der dicke Seb nur noch ein verschwommener Schatten aus ihrer Jugend, ein Statist, der keine Zeile zu sprechen hat und auf den die Kamera nicht einmal scharfstellt; er bleibt im Bildhintergrund, unscharf und flüchtig.

»Pierre ist gestorben.« »Das tut mir leid«, habe ich geantwortet. Ich habe Pierre einmal an eben diesem Bahnhof wiedergesehen, er wirkte zerstreut und steuerte mit einem eingepackten Bild unter dem Arm auf die Taxis zu, »Achtung heiß!«, schrie er wie ein Oberkellner, der sich seinen Weg bahnt, da musste ich lachen, aber ich habe nicht nach ihm gerufen, er war schon zu weit weg. Das ist jetzt zwanzig Jahre her. Pierre war Stammgast auf den Studentenpartys der École du Louvre. Manche Studenten – die meisten waren Frauen – stammten aus sehr wohlhabenden Familien und wohnten bereits in hübschen, von ihren Eltern bezahlten Wohnungen. Wir bewunderten Pierre, der so viel zu wissen schien wie unsere Dozenten, obwohl er noch so jung war – nicht einmal dreißig. Vom Alter her stand er zwischen uns und unseren Dozenten, doch wir sahen ihn selbstverständlich als einen der unseren an. Mit seiner Taschenuhr und den geknoteten Halstüchern war er eine exzentrische Erscheinung. Eines Abends auf einer Party in einer kleinen Wohnung in der Rue Jacob war er

mit seinem jüngeren Bruder gekommen, JBM. So hat es mit uns angefangen. JBM wollte die Songs der Band hören, ich hatte eine Kassette in meinem Walkman mit den Kopfhörern aus orangefarbenem Schaumstoff. Ohne ein Wort zu sagen, hat er sich die Lieder angehört und dabei in kleinen Schlucken seinen Wodka getrunken. Und je länger die Kassette lief, desto weniger konnte ich meinen Blick von seinen Augen lösen. Ich war neunzehn, er dreiundzwanzig. »Das ist sehr gut«, hat er gesagt und den Kopfhörer abgenommen, »ich mag eure Musik sehr, aber das geht noch besser. Für den perfekten Klang müssten die Songs in einem richtigen Studio produziert werden. Eine Melodie gefällt mir ganz besonders, aber der Text ist ein wenig simpel …« »Du kannst ja einen neuen schreiben«, habe ich lächelnd entgegnet – in jenem Moment wusste ich nicht, ob er das mit unseren Songs ernst meinte, oder ob alles nur ein Vorwand für einen Flirt war. »Nein, ich kann das nicht«, sagte er lächelnd, »aber vielleicht Pierre, er hat schon Gedichte geschrieben … Pierre!«, hat er ihn gerufen. Ja, so hat alles angefangen.

»Dein Song ist wundervoll«, habe ich zu Pierre gesagt, als er uns den Liedtext brachte. »Weißt du, der Refrain ist nicht von mir«, hat er abgewinkt, »das ist Shakespeare.« Auch eine gesprochene Passage war nicht von ihm, sie stammte aus Der große Meaulnes *von Alain-Fournier. Auch wenn ich nicht JBMs Gedächtnis habe, weiß ich sie noch auswendig: »Hier ist das Glück, das du deine ganze Jugend über gesucht hast, hier ist das Mädchen, das Ziel deiner Träume!« Daraus war geworden: »This is happiness, this is what you've been searching for since you were young,*

this is the girl who was at the end of all our dreams!« Mir fiel die Aussprache schwer. Auf Englisch zu singen, war in Mode. Das hatte etwas. Ich weiß nicht, warum es bei uns nicht funktioniert hat. Ich habe nie etwas bereut, weder den Misserfolg unserer Probeaufnahmen, noch mein Jahr an der École du Louvre, das ich knapp nicht geschafft habe. Dann ist mein Vater plötzlich gestorben, und ich wusste nicht mehr, was ich ohne Abschluss und ohne JBM noch in der Stadt sollte. So bin ich ins Burgund zurück, das schien mir der einfachste Weg. Zumindest glaubte ich das. Wenn ich an die Zeit zurückdenke, lande ich zwangsläufig bei ihm, ich hatte Jean seit dreiunddreißig Jahren nicht mehr gesehen, schon dieser Satz erscheint mir unmöglich. Auch wenn wir uns in der »Wirklichkeit« nie wiederbegegnet sind, war ich in Gedanken doch immer bei ihm und habe in den Jahren danach seinen Weg verfolgt. Das alles liegt so weit zurück, die Bilder steigen in meinen Gedanken auf wie Fotos, die man in einem Schuhkarton findet, hinten im Schrank, und die die eigene Kindheit oder Jugend erzählen und doch nur als Beweismittel dafür dienen, dass man wirklich an jenem Ort gewesen ist, in genau jenem Moment, umgeben von jenen Menschen. Aber von den auf Papier gebannten Augenblicken bleibt nichts übrig. Man ist nie zu diesen Orten zurückgekehrt, oder sie haben sich verändert, die Menschen sind auseinandergegangen oder gestorben, man selbst hat nicht mehr das gleiche Gesicht. Ich weiß nicht mehr, ob ich darüber lachen oder weinen soll.

Jean sagte, dass er für ein bis zwei Jahre in die USA zurück wolle, seine Kontakte am MIT ausbauen. Ich konnte *mir nicht vorstellen, alles zurückzulassen und ihm zu folgen: Was sollte ich in den USA? Ich wusste, was seine Abreise bedeutete: das Ende unserer Geschichte. Ich wusste auch, dass ich ihn nicht zurückhalten würde, dass, davon abgesehen, nichts diesen Mann aufhalten konnte, ich tröstete mich damit, dass es schon außergewöhnlich war, ihn überhaupt ein bisschen für mich gehabt zu haben. Unsere Beziehung hatte etwas mehr als ein Jahr gedauert, vierhundertneun Tage, um genau zu sein, ich habe es ausgerechnet, als ich meine alten Kalender zufällig wiederfand. Ich hatte »Jean« neben einem Herzen notiert, um den Tag unserer ersten Begegnung zu markieren, vierhundertneun Tage danach, in einem anderen Kalender, hatte ich geschrieben: »Jean ist gegangen«. Dann habe ich François getroffen, alles ging sehr schnell, ich habe seinen Heiratsantrag gleich angenommen. Es war eine Flucht nach vorne, ich habe so gehandelt, um Jean zu vergessen. Tatsächlich hat es mich aufgewühlt, ihn wiederzusehen. Ich möchte heulen wie ein Kleinkind, aber es fließen keine Tränen, ich weine innen drin, wie meine Mutter immer gesagt hat. Wie konnte das Schicksal nur so grausam mit uns sein? Und sich zugleich so einen Scherz erlauben.*

Umkehren

Der Regen prasselte auf die Windschutzscheibe des Wagens, Max schaltete die Scheibenwischer ein, die daraufhin mit einem leisen, rhythmischen Quietschen in schnellem Takt hin- und herschlugen. Domitile hatte Aurore bereits vier Fotos von JBM geschickt, mit der Bitte um eine schnelle Reaktion, danach wollte sie eine zweite Auswahl mit den Bildern mit Blanche im Garten und denen in der Küche zusammenstellen, denen sie bereits ein »gewaltiges Potenzial« attestierte. Aurore schaute die vier Fotos vom Bahngleis durch. Auch wenn Domitile eine ausgemachte Nervensäge war, musste Aurore zugeben, dass dies das beste Foto von JBM überhaupt war. Die Gleise führten in die Unschärfe und verschwammen am Horizont mit dem Himmel, davor stand JBM, von dem nur der Oberkörper zu sehen war; sein graues Jackett saß an den Schultern tadellos, das weiße Hemd, dessen oberster Knopf offenstand, wirkte elegant, er schaute in die Ferne, den Ansatz eines Lächelns auf den Lippen, und der Hauch von Überdruss, der stets in seinem Blick lag, war auf den Bildern kaum zu sehen. Die ersten drei Bilder waren nahezu identisch, das vierte hatte ihn in der Bewegung festgehalten: Den

Blick nach oben gerichtet, fuhr sich JBM mit der linken Hand durchs Haar, während eine Windböe über das Gleis fegte – die Breguet-Uhr war nicht zu sehen, die eleganten Manschettenknöpfe dagegen sehr deutlich. Die in der Geste eingefrorene Hand war leicht unscharf, was der Fotografie Dynamik verlieh, auch Domitile hatte dies in ihrer Mail betont, aber hinzugefügt, dass sich die Auswahl ihrer Meinung nach auf ein unbewegtes Bild beschränken sollte. Als Aurore JBM die Fotos zeigen wollte, hatte er mit einem knappen Kopfschütteln abgelehnt und sich in die Betrachtung der regennassen Stadt vertieft. Seit sie ins Auto gestiegen waren, hatte er kein Wort gesagt und blickte, ohne sie wirklich zu sehen, auf die Kreuzungen und die Passanten, die vor der roten Ampel die Straße überquerten.

Ich habe zwei Söhne, aber leider keine Tochter. Und du? – Ich habe eine Tochter – Wie alt ist sie? – Dreiunddreißig. Und deine Söhne? – Zweiundzwanzig und vierundzwanzig. – Wie die Zeit vergeht …

Das war es. JBM ging im Geiste den kurzen Wortwechsel durch. Etwas war in jenem Moment geschehen. Etwas, das er nicht greifen konnte, sein Gehirn aber festgehalten hatte. Nur ein kurzer Augenblick, jetzt hätte er es beschwören können, es lag zwischen dem Satz »Ich habe zwei Söhne, aber leider keine Tochter« und dem folgenden, als er Bérangère gefragt hatte: »Und du?« In jenen Sekunden war etwas passiert. Vielleicht hatte es nicht länger als eine Sekunde gedauert. So wie diese Bilder, die in eine Bildfolge eingeschoben werden und die das Gehirn festhält, das Auge aber nicht sieht. JBM konzentrierte sich und versuchte, sich die Brasserie, die Hintergrundgeräusche aus Gesprächsfetzen und Besteckklirren vorzustellen. Beinahe hatte er es. Etwas hatte sich hauchzart auf Bérangères Lippen abgezeichnet, und ihr Blick war eindringlicher geworden. Endlich löste sich das Bild vom Grund und stieg an die Oberfläche: Ein Hauch Ironie war über Bérangères Mund gehuscht, gleichzeitig hatte sich ihr Blick intensiviert. Während ihrer kurzen Wiederbegegnung waren sie überrascht, geniert, nostalgisch, zärtlich und sogar ein wenig traurig gewesen, aber nicht *ironisch* – nur in jener einen Sekunde. »Ich habe zwei Söhne, aber leider keine Tochter.« Auf diesen Satz hatte Bérangère also mit einem *ironischen* Lächeln reagiert. Dreiunddreißig Jahre. Wenn ihre Tochter heute dreiunddreißig war, hatte Bérangère sie also bekommen, kurz nachdem sie sich getrennt hatten. In welchem Monat sie geboren war, wusste er natürlich nicht. Bérangère konnte kurz nach ihrer Trennung jemanden kennengelernt haben und sofort schwanger geworden sein. Aber warum dann dieses Lächeln? Es war durch nichts gerechtfertigt. Ich habe nichts Lustiges gesagt, überlegte JBM. Oder vielleicht doch: Ich habe gesagt, dass ich keine Tochter habe, und es gibt nur eine Person auf der Welt, die auf diesen Satz hin *ironisch* zu lächeln vermag.

»Max, wie lange dauert es mit dem Auto nach Dijon?«

»Dijon … Ich würde sagen dreieinhalb Stunden, unter vier auf jeden Fall.«

»Und mit dem TGV?«, fragte er Aurore.

»Anderthalb Stunden, oder?«, vermutete der Fahrer und suchte im Rückspiegel nach Aurores Bestätigung.

»So ungefähr«, sagte sie.

»Dreh um, Max, wir fahren zurück zum Bahnhof, reservieren Sie uns zwei Plätze, Aurore, wir arbeiten im Zug.«

»Aber … Was wollen Sie denn in Dijon? Kann das nicht warten?«, fragte sie verblüfft. »Und der Désert de Retz? Und Pierre?«

»Nein, es kann nicht warten. Pierre kommt erst mal mit.«

Aurore vertiefte sich in ihr iPhone. »Es fährt einer in vierzehn Minuten«, verkündete sie.

»Max«, sagte JBM schlicht.

»Den schaffen wir, Monsieur.« Der Fahrer wechselte auf die Busspur und drückte aufs Gaspedal.

»Was haben wir in Dijon vor?«, fragte Aurore nach.

»Wir fahren nicht nach Dijon«, antwortete JBM, »wir fahren an einen Ort dreißig Kilometer von Dijon entfernt, zwischen Vosne-Romanée und Nuits-Saint-Georges.«

Der Mann, der Schlagzeug spielen wollte

Eine große träge Katze. So würde sie Alain immer in Erinnerung behalten. Mit einer kurzen Jeanshose und einem weißen Hemdchen bekleidet lag sie auf dem Sofa, die Beine mit den nackten Füßen über der Armlehne, und zog an einem perfekt gerollten Joint. Ihre Haare waren zu einer merkwürdig fransigen Palme hochgebunden, ihr verschleierter Blick lag auf ihm. »Ivana, eine russische Künstlerin«, hatte Lepelle sie schlicht vorgestellt. Sie war offensichtlich seine Freundin – oder eine Geliebte, was auf das Gleiche hinauslief. Alain fragte sich, wie ein Typ wie Lepelle eine so schöne und so junge Frau abbekam. Andere Frauen hatten Gedichte, Lieder, Romane, Gemälde inspiriert – diese hier inspirierte zu etwas sehr Komplexem, das zwischen sexuellem Übergriff und Heiratsantrag verortet war. Für Letzteres trat Ivana viel zu spät in sein Leben; was die erste Möglichkeit betraf, so war es ihm nie in den Sinn gekommen, einer Frau irgendetwas durch Gewalt aufzuzwingen. Ivana, so war ihr Name, würde also für immer ermattet auf dem Sofa liegen, vollkommen unerreichbar, wie diese phantastischen Fische, die man durch die dicken Scheiben des Aquariums im Zoologischen Garten bestaunt. Wie die Fische kommunizierte auch sie kaum mit ihren Besuchern und schien in ihrer eigenen Welt zu leben, die sich Alain voller Schnee, Liebhaber, geschmuggeltem Wodka und Wölfe vorstellte. Lepelle schien nicht begeistert, Alain wiederzusehen, aber er hatte sich auch nicht gewehrt. Alain war mehrmals zu seinen frühen Performances gekommen, unter anderem zu der mit den Bleistiftspitzern. Zuletzt waren sie sich im Jahr 2000 begegnet, als die Fondation Cartier den Materiasten, der Bewegung, die Lepelle Anfang der neunziger Jahre gegründet hatte, eine kleine Retrospektive widmete. Lepelle hatte ihm eine Einladung zur Eröffnung geschickt, doch sie hatten während des Umtrunks kaum Zeit gehabt, miteinander zu sprechen.

»Zum Glück ist er nicht angekommen, dieser Brief«, sagte Lepelle und gab Alain das Schreiben von Polydor zurück, das er mit Hilfe einer halbmondförmigen Brille gelesen hatte, die er nun gleich wieder abnahm. »Stell dir vor, wo wir heute wären …«

Alain sah ihn schweigend an, während Ivana die Hand bewegte, zum Zeichen, dass sie den Brief haben wollte. Alain reichte ihn ihr zusammen mit dem Briefumschlag.

»Wohnst du in Rue de Moscou?«, wunderte sie sich. »Es gibt eine Rue de Moscou hier?«

»Ja, und gleich daneben liegt die Rue de Saint-Pétersbourg, sie wurde umbenannt, davor hieß sie Rue de Léningrad.«

»Ist das russisches Viertel?«, fragte sie.

»Nein, es ist das europäische Viertel, alle Straßen tragen den Namen einer europäischen Haupt- oder Großstadt.«

»Erbärmliche Gestalten, die längst weg vom Fenster sind, das wären wir geworden«, fuhr Lepelle fort und erhob sich aus seinem Sessel. »Über fuffzigjährige Typen, die sich mit Sozialhilfe und Konzerten in Vorort-Kulturzentren vor achtzig Nasen über Wasser halten. Ein Scheißleben, ein Versagerleben, das hat sie uns erspart, die französische Post. Du solltest deinem Filialleiter Blumen schicken.«

Alain hatte nicht recht gewusst, was er von dem Treffen, zu dem Lepelle ihn in seine Atelierwohnung in Yvelines bestellt hatte, erwarten sollte, aber das sicher nicht.

»Vielleicht hätten wir Erfolg gehabt«, warf Alain ein, »viele Bands haben es geschafft, schau dir Téléphone an …«

»Téléphone hat sich aufgelöst«, unterbrach ihn Lepelle, »und das schon vor langer Zeit, außerdem war Téléphone noch vor uns da, 1977, vor der Wave, Téléphone ist Punk Rock.«

»Was macht das schon, dass sie sich aufgelöst haben?«, entgegnete Alain, »Depeche Mode, Eurythmics, The Cure haben zu einer bestimmten Zeit existiert, das ist es doch, was zählt, oder? Und Indochine gibt es immer noch.«

»Irrtum«, unterbrach ihn Lepelle in lehrerhaftem Tonfall, »Indochine ist *wiederauferstanden*, kleiner Unterschied, und das auch nur, weil Nicola Sirkis durchgeknallt ist, vom Ruhm besessen, das ist sein Antrieb, aber ich gebe zu, dass er sehr tapfer war während seiner langen Durststrecke, die ganzen neunziger Jahre hat er weiter daran geglaubt, obwohl jeder andere aufgegeben hätte … Nein, wirklich, schau dich an, du bist Arzt, die Krankheiten deiner Patienten finanzieren dein Haus auf dem Land, falls du eines hast, das Studium deiner Kinder, Restaurantbesuche, Urlaubsreisen … Sogar Vaugan hatte guten Grund aufzugeben, sogar JBM. Wäre er unser Produzent geworden, unser Impresario? Nein, JBM hatte ein anderes Schicksal, und das wusste er. Und unsere Sängerin, Bérangère, was ist aus der geworden? Niemand weiß es. Und ich? … Ja, ich? Glaubst du nicht, dass ich froh bin, der zu sein, der ich bin, statt ein oller Schlagzeuger, der von einem Dorffest zum anderen tingelt? Ich bin reich, berühmt und sogar gefeiert, mit euch wäre ich nur ein Hinterwäldler von vielen geworden.«

»Du bist Chinterwäldler«, sagte Ivana und blies den Rauch ihres Joints aus.

»Gib mir das«, sagte Lepelle und riss ihr den Brief aus der Hand, um ihn Alain zu reichen, der ihn in den Umschlag zurücksteckte.

»Gut, hast du diese Kassette nun behalten oder nicht?«

Lepelle seufzte achselzuckend: »Dreiunddreißig Jahre, mein armer Freund, wenn du glaubst, ich hätte sie so lange aufgehoben … Und du, hast du immer noch die Bleistiftreste aus den Anspitzern? Du weißt, dass sie viel wert sind, du hast eine gute Investition getätigt. Wieviel hast du dafür bezahlt?«

»Ich weiß es nicht mehr«, antwortete Alain, »da gab es noch den Franc, tausend Francs, glaube ich.«

»Haha!«, lachte Lepelle laut auf. »Die sind heute zwanzigtausend Euro wert, Kumpel. Oh ja«, fügte er eifrig nickend hinzu, als hätte er ihm gnädig ein Bündel Geldscheine in die Hand gedrückt, über das sich der andere glücklich schätzen konnte.

Alain trank seinen Orangensaft aus. Hier endete seine Suche also – die Einzigen, die für ihn erreichbar waren, hatten die Kassette nicht mehr. All das ergab zudem keinen Sinn. Wem hatte er in der letzten Zeit gegenübergestanden? Einem größenwahnsinnigen Faschisten im politischen Vollrausch, dann dem Besitzer eines Furunkels und eines thailändischen Ferienresorts – der zu dieser Stunde vermutlich einen seiner geliebten, mit Blumen dekorierten Fische verspeiste – und heute einem überheblichen modernen Künstler, der mit seinem Erfolg prahlte und sich um die Hologrammes einen feuchten Dreck scherte.

Einige Tage zuvor, bevor Lepelle sich herabgelassen hatte, ihn zurückzurufen, hatte Alain den Brief von Polydor noch einmal gelesen und sich plötzlich gefragt, wer der Verfasser war: *Claude Kalan, Künstlerischer Leiter.* Im Netz hatte er schnell herausgefunden, dass der Produzent inzwischen in Rente war, in den achtziger und neunziger Jahren aber eine Glanzstunde gehabt zu haben schien. Er musste einer dieser unauffälligen Typen sein, deren Namen das Massenpublikum nicht kennt, aber die in ihrem beruflichen Umfeld legendär sind –

diese Typen, die ein Vermögen mit der Produktion von Platten angehäuft haben, deren Melodien jeder kennt. Im Netz tauchten mehrere Top-50-Hits auf sowie zahlreiche Kooperationen mit berühmten Künstlern, französischen und ausländischen. Aber er fand nur zwei jüngere, sehr kleine Fotos, die zudem aus größerer Entfernung aufgenommen worden waren, auf denen man einen schlanken, um die siebzig Jahre alten Mann mit weißem Haar erkennen konnte. Alain hatte den Brief von Polydor kopiert, selbst einen Brief aufgesetzt und ihn an einen Mann adressiert, der ihm vor mehr als dreißig Jahren einen Termin angeboten hatte. Er erklärte ihm, dass die Post den in Kopie beiliegenden Brief verloren habe und fragte ihn, ohne große Hoffnung, ob er sich an die Hologrammes erinnere. Die Möglichkeit, dass Polydor oder Kalan eine Kassette mit ihren fünf Titeln behalten haben könnte, erwähnte Alain nicht einmal, tatsächlich hatte er so geschrieben, wie man eine Beichte ablegt, um mit jemandem zu sprechen und seine Geschichte zu erzählen. Dann hatte er die Plattenfirma angerufen, wo eine junge Frau in der Zentrale ihm bestätigt hatte, dass »Monsieur Kalan« in Rente gegangen sei, er könne sein Schreiben aber schicken, die Plattenfirma würde es an ihn weiterleiten. Aber Kalan hatte bisher nicht geantwortet und würde es wahrscheinlich auch niemals tun.

Schweigen entstand. Alain blickte zu den Flammen hinter der feuerfesten Scheibe des Kamins. Der Raum hatte eine hohe Decke, war weiß gestrichen und öffnete sich zu einer Wohnküche hin. Ein Stück weiter hinten befanden sich unter einem großen Glasdach das Atelier und der Garten. Obwohl das Ganze kalt und seelenlos wirkte, war die Hütte bestimmt zwei Millionen wert – vielleicht sogar drei. Alain hatte Lepelle nicht widersprochen. Im Grunde hatte er ja recht, er hatte ein angenehmes Leben, und der Brief gehörte in den Papierkorb. Also verabschiedete er sich.

Kaum hatte Lepelle die Tür hinter Alain geschlossen, herrschte Ivana ihn an: »Warum gibst du ihm nicht die Songs? Du bist wirklich widerlich!«

Lepelle antwortete ihr nicht einmal. Er ließ sich in seinen Sessel fallen, mit starrem Blick, während zwischen seinen Lippen Beschimpfungen hochwallten, zuerst nur gemurmelt wie ein Mantra, dann immer lauter, bis er aufsprang und explodierte: »Verdammte Scheiße, wir hatten es geschafft! Wir hatten es geschafft!«, rief er. »Wir hatten unseren Termin! Ich wusste, dass wir es drauf hatten!«, schrie er und streckte die Arme gen Himmel, als spräche er mit Gott. »Ich wusste es, ich habe es immer gewusst«, jammerte er. »Und dieser Mistkerl kommt an und reibt mir seinen Brief unter die Nase!«, fuhr er zornig fort, griff nach einer Zeitschrift und schleuderte sie gegen die Tür. »Das darf doch nicht wahr sein! Von nichts werde ich verschont, von gar nichts! Wann hört das endlich auf?«

Er griff nach einer weiteren Zeitschrift, die er in Stücke riss und im Wohnzimmer verteilte.

Ivana

Ganz am anderen Ende des Hauses liegt der Raum mit den Schallplatten. Die Decke ist hoch, man muss auf eine Leiter steigen, um an die obersten Regalfächer zu kommen. Lepelle hat Tausende von Vinylplatten, Maxi-Singles und LPs, auch CDs und Audio-Kassetten, ebenfalls Tausende. Der Kerl hat die gesamte Rock-, Pop-, Disco- und New-Wave-Musikgeschichte in diesem Zimmer versammelt. Mitten im Raum steht sein Schlagzeug der Marke Tama Superstar auf einer Kiste. Er sagt, die machten die besten Schlagzeuge der Welt. Er hat auch eine Anlage mit riesigen Boxen, die er speziell für sich hat anfertigen lassen, mit Schieferfassung, weil der Klang besser ist. Hier schließt er sich ein, um stundenlang auf sein Schlagzeug einzuhämmern. Wenn er gerade nicht darin ist, darf ich hineingehen und alles anhören, was ich will, unter der Bedingung, dass ich die Platten wieder an ihren Platz stelle und keine kopiere.

In einem Regal stehen gerahmte Fotos von seinem jüngeren Ich mit Schlagzeugstöcken in der Hand, im selben Regal stehen die Platten und Kassetten von seinen Bands, ungefähr ein Dutzend. Anfangs wollte er nicht, dass ich sie anhöre, aber lange hat er sich nicht geziert.

Kein Zweifel, Lepelle war ein guter, vielleicht sogar ein sehr guter Schlagzeuger. Darunter ist auch die Kassette der Hologrammes mit einem Schwarzweißfoto der Band und diesem Song: We are made the same stuff dreams are made of. *Der Schallplattenraum ist ein Mausoleum für seine Träume. Eines Tages habe ich ihm das gesagt, er hat mich nur wortlos angeschaut. Ich glaube tatsächlich, dass er es nie verwunden hat, es mit der Musik nicht geschafft zu haben. So stellt er sich ein ideales Leben vor, in Aufnahmestudios und Konzerthallen Schlagzeug zu spielen, auf Tour zu gehen, einen Fan aufs Hotelzimmer mitzunehmen, am Morgen dann weiterzufahren und immer so weiter bis zum Ende der Tournee, um sich dann wieder zu Hause einzuschließen und an seinen »Drums« und »Charleys« zu arbeiten. Lepelle wäre ein glücklicher und cooler Musiker geworden, während ihn die moderne Kunst zwar wie erhofft berühmt, aber verbittert gemacht hat. Er läuft sein Leben lang wie ein Tiger im Käfig umher, ist auf alle Künstler, die einen höheren Marktwert haben als er, eifersüchtig. Lepelle verbringt viel Zeit damit, sich Feinde zu erfinden, wie den französischen Sammler moderner Kunst, der noch keines seiner Werke gekauft hat, er hat sogar ein Foto von dem Typen an die Wand seines Ateliers gepinnt und wirft Dartpfeile darauf. Im Grunde hat er nichts von einem Künstler, er ähnelt viel eher einem kleinen Ladenbesitzer auf dem Dorf, so einem, der seine ganze Zeit damit verbringt, finstere Pläne gegen seinen Konkurrenten am anderen Ende der Straße zu schmieden, um ihm seine Kundschaft abzuwerben.*

Mir geht das Bild des grauhaarigen Arztes, der in der

nach der russischen Hauptstadt benannten Straße lebt, nicht mehr aus dem Kopf. Manchmal überdeckt Dope die Ereignisse, die man unter seinem Einfluss erlebt, mit einer Art Dunst, alles wird unscharf, ungenau, die Gesichter bleiben mir nicht im Gedächtnis, in anderen Fällen hat die Droge im Gegenteil die Macht, sie wie ein scharfes Foto in meiner Erinnerung festzuhalten.

Ich frage mich, was ich auf diesem Sofa soll, in diesem Raum, mit diesem hysterischen Typen, den ich nicht viel besser kenne als die, die mich während eines Videodrehs oder einer Nacht im Hotel ficken. Ich frage mich, was ich hier mache, und ob ich nicht vielleicht träume: Ich werde in meinem Kinderzimmer aufwachen, mein Vater wird mich auf sein Boot mitnehmen, wir werden zum Mittagessen zurück sein, meine Mutter hat gekocht, aus dem Kupfertopf dampft es. Nichts ist geschehen, kein Casting-Director ist ins Dorf gekommen, kein Mädchen hat sich fotografieren lassen, Juleva hat keine Narbe auf der Wange, und ich habe nie meinen ersten Joint mit Sergeï in Moskau geraucht. Nie hat dieser Abend in einer Orgie geendet, niemand hat mich gefilmt und die Aufnahmen einem russischen Porno-Produzenten gezeigt, nie habe ich gesagt: »Na gut, in Ordnung«, um in diesen Filmen für das Dreifache meines Hostesse-Gehalts mitzuspielen, nie habe ich diesen Franzosen getroffen, der Mädchen für Dreharbeiten in Frankreich suchte. Ich habe Russland nie verlassen, um nach Paris und schließlich diesen Ort namens »Yvelines« zu kommen – anfangs dachte ich, es sei ein weiblicher Vorname. Nichts ist geschehen. Eine einzige Sache aus meinem Traum ist geschehen: Ich habe den grauhaarigen Mann getroffen, der in der Moskauer Straße wohnt. Ich sehe Lepelle an, er schreit immer noch wegen seiner verpassten Chance, er kann nicht mehr aufhören, sein Gesicht ist ganz rot angelaufen, er dreht sich zu mir um und schreit: »Wir hatten sie, unsere Rockband, dann müsste ich heute nicht riesige Stollen für Katar basteln!« Ich sehe, wie er nach dem Schürhaken am Kamin greift, ich habe Angst, dass er wirklich durchdreht und mich damit schlägt, aber nein, er ist in Richtung Atelier gerannt. Ich stehe auf und gehe zur Glasfront, die große Form des Stollens ist zerbrochen, Gipsstaub wirbelt durch die Luft, ich sehe, wie er mit dem Schürhaken nun auf seine Farbtöpfe eindrischt, es spritzt in alle Richtungen, und er ist bis zu den Haaren mit Farbe bespritzt. Ich sage zu mir: »Ivana, Mädchen, das reicht jetzt, du musst weg von hier.« Ich werde gehen, jetzt gleich, ich werde in mein Zimmer gehen und meinen Koffer packen. In einem dicken Briefumschlag, versteckt unter meiner Unterwäsche, liegen zwölftausend Euro, ich kann mir alle Hotelzimmer leisten, die ich will, und auch die Flugtickets. Die Lieder, die ihn so verrückt machen und die er nicht mal seinem alten Freund überspielen will, kann er gerne behalten – ich habe sie längst auf meinen iPod geladen.

Das Relais de la Clef

Zwei Stunden später hielt das Taxi vor dem Relais de la Clef. JBM bezahlte den Fahrer und stieg als Erster aus. Vor der mit Pflanzen überwucherten Zufahrt, die zu einem Hof mit einem Brunnen in der Mitte führte, blieb er stehen.

»Ich warte im Café auf Sie«, sagte Aurore. Und sie ging, die Laptoptaschen über der Schulter, zu der Kaffeebar an der Ecke.

»Ja, Aurore, danke«, murmelte JBM.

Ohne sich vom Fleck zu rühren, versank er in seinen Erinnerungen. Seit dem Sommer 1983 war er nie mehr hier gewesen, doch nichts hatte sich verändert, weder der Laubendurchgang noch der Hof oder der Brunnen. Hier zu sein, kam ihm vollkommen unwirklich vor. Der weiß gestrichene, schmiedeeiserne runde Tisch stand noch am selben Platz, man konnte meinen, sie beide würden dort gleich Gestalt annehmen, dort hatten sie Kaffee getrunken, bevor sie zum Spaziergang durch die Weinberge aufbrachen. Sich nun wirklich in dieser Umgebung wiederzufinden, in die er im Geiste zuweilen zurückgekehrt war, gab ihm das Gefühl, dass sich Zeit und Raum zusammengeschoben hatten. Alles war gerade erst geschehen, nicht vor dreiunddreißig Jahren, sondern vor höchstens einem Monat.

Er durchquerte den Hof und öffnete die Tür des Hotels. Eine Glocke erklang, die hatte er vergessen. Der Eingangsbereich mit den sechseckigen Tonplatten am Boden und der balkendurchzogenen Decke war noch derselbe, genau wie der Empfangstresen, nur dass nun ein Computer mit Flachbildschirm dahinter stand. Immer noch hing Wachsgeruch in der Luft. Die Stofftapete an den Wänden war wohl ausgetauscht worden, sie war in seiner Erinnerung nicht rotbraun, sondern eher beige gewesen. Niemand war zu sehen. JBM ging auf eine Wandvitrine zu. Darin konnte man die geschickt drapierte Sammlung Flaschenöffner mit dem Spezialmechanismus von Bérangères Vater bewundern. Dann ging er in den Salon – kein Geräusch war zu hören, abgesehen vom Knacken der Holzscheite im Kamin. Auch dort hatte sich nichts oder fast nichts verändert, der schöne runde Tisch mit dem intarsienverzierten Schachbrett in der Mitte stand immer noch zwischen den beiden Fenstern, die zum Weinberg hinausgingen, es war sogar eine Partie im Gange. Wie viele waren seit damals gespielt worden? Hunderte? Tausende? Vielleicht weniger, eine Schachpartie kann sehr lange dauern. JBM musste an den berühmten Anwalt Jacques Vergès denken, den er eines Tages in seinem Stadthaus in der Rue de Vintimille in Paris besucht hatte. In seinem Büro, das zugleich Bibliothek war, standen auf verschiedenen Tischen zahllose Schachspiele. Der Anwalt spielte Partien mit Brieffreunden, größtenteils aus dem Ausland; sie schickten einander über Grenzen hinweg Schachzüge zu, per Fax und schließlich per Mail. Dem Hausherrn zufolge waren einige Partien bereits seit mehreren Jahren im Gange. JBM betrachtete die Partie vor ihm, stellte fest, dass ein Schachmatt möglich war, das bisher niemand gespielt oder gesehen hatte, und ging zum Eingang zurück. Hinter dem Tresen stand Bérangère und schaute zu ihm auf.

Sie saßen sich in der Küche gegenüber, zwischen sich den großen Tisch. JBM hatte sein Glas Wein nicht angerührt. Das Feuer war erloschen, und das Personal würde erst in einigen Stunden zurückkommen. Es war der ruhigste Augenblick des Nachmittags, und ohnehin waren zu dieser Jahreszeit nur wenige Gäste im Haus.

»Du wolltest mich etwas fragen …«

»Ja, ich habe eine Frage«, sagte JBM und starrte in sein Weinglas.

Dann verfiel er in Schweigen, und nur die Standuhr war noch zu hören, deren Pendel im Sekundentakt schlug. JBM hätte stundenlang so sitzen bleiben können, vor einem Glas Wein und unter Bérangères Augen, und sich vom Ticken der Uhr einlullen lassen.

»Ich schaffe es nicht …«, sagte er schließlich.

»Warum?«, fragte Bérangère sanft, ohne eine Antwort zu erhalten. »Jean …«, flüsterte sie, und JBM dachte, dass ihn niemand mehr Jean nannte. Nur sein Bruder hatte ihn noch so genannt, aber sein Bruder war nicht mehr da.

»Bérangère«, sagte er schließlich und schaute ihr in die Augen, »haben wir ein Kind zusammen?«

Bérangère betrachtete ihn schweigend und senkte dann den Blick, schaute auf die Brotkrümel, die sie mit der Spitze des Zeigefingers hin- und herschob.

»Ich kann es wirklich nicht«, sagte sie kopfschüttelnd.

»Was kannst du nicht?«

»Lügen … Nicht die Wahrheit sagen, das kann ich, aber lügen, das schaffe ich einfach nicht. Ich bin dazu nicht fähig. Auch sie habe ich nicht anlügen können«, murmelte sie. Dann schaute sie ihn an. »Weißt du, Jean, ich habe keine Angst mehr. Oder nein«, setzte sie von Neuem an, »sagen wir, ich habe solche Angst, dass ich keine Angst mehr spüre. Also, ja, die Antwort ist ja. Wir haben ein Kind, ein Mädchen.«

Ihre Augen begannen zu glänzen, und sie schniefte kurz, bevor sie lächelnd den Kopf schüttelte, als bitte sie ihn um Verzeihung für die Tränen, die in ihr hochstiegen, aber nicht fließen wollten. JBM legte seine Hand auf ihre, aber sie zog sie zurück, um sich gleich darauf zu entschuldigen.

»Kann ich … sie kennenlernen, sie eines Tages treffen?«, fragte JBM.

Bérangère lächelte, schloss die Augen, dann atmete sie tief durch: »Du kennst sie, Jean, du siehst sie jeden Tag. Unsere Tochter heißt Aurore.«

Im Train Bleu (2)

Diese diffuse Angst war am Morgen über sie gekommen. Am Vortag hatte Aurore mit ihrer Mutter zu Abend gegessen, so wie immer, wenn diese nach Paris kam. Domitile Kavanski mit ihrer Fotogeschichte an der Gare de Lyon kam ihr in die Quere: Bérangères Zug nach Dijon sollte genau dann abfahren, wenn sich das Team der PR-Beraterin mit JBM am Bahnhof befand. Während der Aufnahmen schaute Aurore ständig auf die Uhr. Erst als die Abfahrtszeit von Bérangères Zug gekommen war, ließ der innere Druck nach. Nichts war geschehen – kein unglücklicher Zufall hatte dazu geführt, dass JBM und Bérangère einander am Bahnhof plötzlich in die Arme liefen.

Als sie die Tür zum Train Bleu aufstieß, um sich zu JBM zu setzen, wurde die Welt eine andere. Der Himmel hatte sich der Erde um mindestens zehn Meter genähert. Sie hatte seinen Rücken sogleich erkannt, er saß Bérangère gegenüber. Der Oberkellner kam auf sie zu und stellte ihr eine Frage, die sie nicht verstand. Sie stürzte aus der Brasserie. Als sie durch die Drehtür trat, schlug ihr der Bahnhofslärm entgegen. Der Bahnhof, die Leute, die Züge. Ein Geschehen im Schnelltakt, bestimmt durch die Zeiger der Uhr, Verabredungen, Projekte – alles lief weiter, während für sie die Zeit stehengeblieben war. Sie lehnte sich an die Wand und versuchte sich zu sammeln. Bérangère hatte ihren Zug verpasst. Ausgerechnet heute hatte sie ihren Zug verpassen und auf einen Kaffee ins Train Bleu gehen müssen, während sie auf den nächsten wartete. Er hatte eine Pause von diesem nicht enden wollenden Fotoshooting machen müssen, sich ebenfalls ins Train Bleu setzen und einen Platz nicht weit von ihrem entfernt wählen müssen, sodass sich schließlich ihre Blicke trafen. Aurore unterdrückte einen zornigen Schluchzer und stampfte mit einer vollendet infantilen Geste zweimal mit dem Absatz auf. Dann zog sie ihr iPhone hervor und schickte ihrer Mutter eine SMS: »Sprich nicht mit ihm!« Dann riss sie sich zusammen: Sie verlor den Boden unter den Füßen, das war lächerlich, sie sprachen ja bereits miteinander. Sie verbesserte sich sogleich: »Sag ihm nichts!«, und dann: »Ruf mich danach an!«

Aber Bérangère rief nicht an. Was hatte sie gesagt oder getan, damit JBM alles stehen und liegen ließ, um ins Burgund zu fahren? Er hatte etwas begriffen, etwas, das bedeutend genug war, um seine Pläne für den Tag über den Haufen zu werfen.

Worüber können ein Mann und eine Frau, die sich seit dreißig Jahren nicht gesehen haben, schon sprechen? Über ihr Leben und ihre Kinder natürlich. Sie musste sich mit einem Satz, einem Datum, vielleicht mit ihrem Vornamen verraten haben. Aber nein, er hätte sie wohl kaum mitgenommen, wenn er es verstanden hätte, dann wäre er allein gefahren. Also hatte er es nicht verstanden. Aurore hatte das Gefühl, ihr Kopf werde gleich explodieren.

»Hallo, meine Kleine, geht es dir gut?«, sagte der Inhaber des Cafés und beugte sich vor, um sie auf die Wangen zu küssen. »Bist du ein paar Tage bei uns?«

»Nein, nur auf der Durchreise, ich hätte gern einen Kaffee.«

»Ich bring ihn dir, willst du nicht reinkommen? Es ist kalt hier draußen. »

»Nein, das ist in Ordnung, ich brauche ein wenig Luft«, antwortete sie mit gezwungenem Lächeln.

Als er Max gefragt hatte, wie lange die Fahrt nach Dijon dauere, hatte sie begriffen, dass etwas endgültig schief lief. Aurore hatte wie gewöhnlich eine Vierer-Gruppe in der ersten Klasse reserviert, damit sie ihre Ruhe hatten. Doch die Fahrt sollte alles andere als ruhig verlaufen.

JBM, der seinem Chauffeur die Ledertasche mit Pierres Urne nicht hatte anvertrauen wollen, stellte sie auf einen der Sitze, dann klappten sie ihre Laptops auf und begannen, an dem Protokoll der Anrufe zu arbeiten, die sie während des Shootings mit England und Russland geführt hatte. Aurore konnte sich nicht konzentrieren und versuchte, während JBM sprach, ihrer Mutter eine SMS zu schicken, aber im Zug gab es kein Netz. Sie konnte nichts mehr tun, sie hatte keinen Einfluss auf den Lauf der Dinge. Nachdem JBM zweimal nacheinander eine Zahl hatte wiederholen müssen, bat sie um eine Pause und ging zur Toilette, wo sie sich einschloss und feststellte, dass sie zitterte. Sie zwang sich, mit geschlossenen Augen ruhig durchzuatmen, aber es half nicht. War das etwa eine *Panikattacke*? Im Netz hatte sie gelesen, dass der Gipfel einer Panikattacke die Angst vor dem plötzlichen Tod sei. Das Zittern hörte nicht auf und wurde nun durch den Eindruck von Beschleunigung verstärkt und durch die Enge des Raums verzehnfacht, in ihrem Fall begleitet von einem Hörverlust. Aurore versuchte, weiter ruhig zu atmen, während sie es vermied, in den Spiegel zu schauen. Das Bild, das sie flüchtig wahrgenommen hatte, war das einer jungen blonden Frau mit wild blickenden Augen und ungewöhnlich blasser Gesichtsfarbe gewesen. Jemand klopfte heftig an die Tür und knurrte: »Hier warten Leute.« »Halt die Fresse! Hau ab!«, schrie sie, bevor ihr schwindelig wurde und sie sich gerade noch am Handtrockner festhalten konnte. »Ich brauche Zucker«, dachte sie laut, » das ist es, Zucker, schnell …« Sie riss die Tür auf und stolperte in Richtung Speisewagen. Sie ging durch die Waggons und kämpfte gegen das Schlingern des Zuges, das sie aus dem Gleichgewicht brachte und sie zwang, sich von Zeit und Zeit an den Kopfstützen der Sitze festzuhalten. Vor der Bar war eine Schlange, aber sie stellte sich bestimmt vor den Kellner und unterbrach ihn mitten in der Aufnahme einer Bestellung: »Ich brauche etwas Süßes, bitte, sofort, ich habe eine Unterzuckerung und klappe gleich zusammen.«

Der Kellner ließ sofort von der Bestellung ab, goss ihr ein Glas Wasser ein und schüttete selbst mehrere

Tütchen Zucker hinein, die er mit einer schnellen Geste aufgerissen hatte, rührte das Getränk mit einem Löffel um und reichte es ihr. Er ließ sie nicht aus den Augen, bis sie das Glas geleert hatte. Es kam nicht in Frage, dass in seinem Speisewagen ein Fahrgast ohnmächtig wurde, er betete ohnehin schon, niemals den Defibrillator benutzen zu müssen, der für den Fall, dass ein Passagier eine Herzattacke hatte, an der Wand hing – man hatte ihm das Gerät einige Monate zuvor bei einer Fortbildung vorgeführt, und er wusste nur zu gut, dass er nie fähig wäre, die Handgriffe in einer realen Situation zu wiederholen.

»Sie sind ganz blass«, sagte JBM bei ihrer Rückkehr.

Aurore antwortete, ihr gehe es wieder gut, es müsse ein »Krampf« gewesen sein.

»Ein Krampf?«, murmelte JBM misstrauisch. »Wir hören auf zu arbeiten«, sagte er, »ruhen Sie sich aus, schlafen Sie.«

Aurore hatte protestiert, aber schließlich nachgegeben. Sie hatte sich zwischen Armlehne und Fensterscheibe geschmiegt, JBM hatte sie mit ihrem Mantel zugedeckt, und sie war in tiefen Schlaf gesunken.

Über den Weinreben hatte der Himmel, übersät mit zartlila Wolken, die für den nächsten Morgen Nebel ankündigten, bereits den orangefarbenen Schimmer des vergehenden Tages. Aurore war sich sicher, dass ihre Mutter es nicht schaffen würde. Sie würde JBM nicht standhalten. Es war nur eine Frage von Minuten, dachte sie, während sie auf den Eingang des Gutshotels schaute, durch dessen Tür er gegangen war. Er war drinnen, er hatte Bérangère gefunden. Bald würde er alles wissen. Das beinahe ein ganzes Leben währende Geheimnis würde in nur wenigen Sekunden zerbröseln, wie Aktien eines hundert Jahre alten Unternehmens an einem Vormittag der Börsenpanik ihren Wert komplett verlieren. Der Kaffee wurde gebracht, Aurore schüttete Zucker hinein und rührte langsam um.

Aurore

Dort, auf dem Weinberg in Vougeot, in dem sagenumwobenen Burgunder Schloss, das wie ein Schiff zwischen den Reben treibt, hat sich alles abgespielt: Meine Eltern sind sich bei einem chapitre, einer »Kapitel« genannten Zusammenkunft der Chevaliers du Tastevin begegnet, fünfzehn Jahre später wurde bei einem weiteren chapitre das Geheimnis gelüftet. Der Ausdruck ist passend, die Geschichte ist in Kapiteln geschrieben, nicht nur die meines Lebens, sondern auch die der Weinkennerzunft im Burgund, die ihre neuen Mitglieder in einer Zeremonie aufnehmen, die den Freimaurern alle Ehre machen würde, anschließend feiern sie mit einem Bankett mit mehreren Hundert Teilnehmern aus verschiedenen Nationen.

Im ersten Kapitel traf meine Mutter François Delfer, den Vertriebsleiter für Asien von der Kellerei Bouchard. Im zweiten hatte ich eine kurze Unterhaltung mit einem alten Mann – einem emeritierten Ritter der Zunft der Chevaliers du Tastevin, der die traditionelle silberne Probentasse an einem gelbroten Band um den Hals trug. Er hatte mich im Schlosshof zu sich gewinkt.

»Ich habe gehört, dass du Bérangère Leroys Tochter bist.«

»Das bin ich«, habe ich geantwortet.

»Wie heißt du noch mal?«

»Aurore.«

»Ja, das ist es, Aurore … Aurore«, hat er stolz zu mir gesagt und den Zeigefinger gehoben, »du bist mein letztes Kind.«

Ich erinnere mich noch an meine Überraschung und das höfliche »Wie bitte?«, das ich erstaunt von mir gegeben haben muss.

»Ich bin Doktor Lessart, ich habe deine Mutter bei deiner Geburt unterstützt, kurz danach bin ich in Rente gegangen. Wo ist deine Mutter? Ich würde sie gern wiedersehen, ich war ein guter Kunde des Relais de la Clef, natürlich des Restaurants, ich war dort oft mit meiner Frau und habe auch deine Großeltern gut gekannt.«

Ich habe mich im Schlosshof umgesehen, zwischen den immer zahlreicher werdenden Grüppchen gingen Kellner mit Sektgläsern auf Silbertabletts umher, aber Mama habe ich nicht entdecken können.

»Ich weiß nicht, sie ist sicher nicht weit weg«, antwortete ich. »Ich bin zu früh auf die Welt gekommen, scheint es?«, sagte ich, um die Unterhaltung mit dem Mann, der so alt war wie mein Großvater, noch ein wenig fortzuführen.

»Überhaupt nicht«, entgegnete Doktor Lessart kopfschüttelnd, »du bist genau pünktlich zur Welt gekommen, meine Kleine.«

Er leerte sein Sektglas, bevor er hinzufügte: »Man erinnert sich nicht an alle Kinder so genau, aber an das erste und das letzte schon.«

Ich wollte ihm gerade antworten, als die Trompeter ihre Jagdfanfare anstimmten. Doktor Lessart wurde von einem Mann herbeigerufen, woraufhin er mir freundlich die Hand auf den Kopf legte und über die Trompeten hinweg rief: »Sag deiner Mutter, dass ich hier bin, Aurore.« Dann ging er davon. Die blecherne Melodie, die im ganzen Wald widerhallte und die ich stets mit dem baldigen Tod von Tieren verbunden hatte, ertönte feierlich im Hof des Schlosses. Seitdem verbinde ich sie mit jenem Moment in meinem Leben.

»Bin ich zu früh geboren?«, fragte ich meine Mutter am nächsten Morgen, während wir gemeinsam die Laken eines Gästezimmers zusammenfalteten.

»Ja«, antwortete Bérangère knapp.

»Wie viel zu früh?«

»Drei Wochen.«

»Der Arzt, der mich entbunden hat, sagt, dass ich nicht zu früh war, sondern genau pünktlich.«

»Doktor Lessart? Wo hast du denn Doktor Lessart gesehen?«

»In Vougeot gestern Abend, er hat mich angesprochen.«

»Und das hast du mir nicht erzählt?«

»Du warst gerade nicht zu finden, und später habe ich ihn nicht mehr gesehen, es waren sechshundert Leute da«, verteidigte ich mich.

»Und er hat gesagt, dass du nicht zu früh geboren wurdest? Er erinnert sich wohl nicht mehr«, sagte meine Mutter.

Aber ich wollte es nicht darauf beruhen lassen, ich spürte, dass sie mir auswich. »Er erinnert sich sehr genau an mich«, beharrte ich, »er hat gesagt, dass ich sein letztes Kind sei, danach ist er in Rente gegangen. Er erinnert sich auch an dich, anscheinend kommt er oft mit seiner Frau her.«

Meine Mutter zuckte nur die Achseln: »Viele Leute waren hier, Aurore. Hilf mir lieber, die Laken zusammenzufalten.«

Wir nahmen unser symmetrisches Ballett wieder auf, bei dem man aufeinander zu- und wieder auseinandergeht, die Ecken des Lakens zwischen die Finger geklemmt, bis ein perfekt gefaltetes Viereck entsteht.

»Warum ist Papa gegangen?«, fragte ich dann, ein wenig unsensibel, das muss ich zugeben.

»Er ist nicht gegangen, Aurore, wir haben beschlossen, dass uns ein wenig Abstand guttut.«

»Lasst ihr euch scheiden?«

Meine Mutter verzog als Antwort nur das Gesicht, was bedeutete, dass das nicht der geeignete Augenblick für diese Art von Fragen war.

»Wann habt ihr euch noch mal kennengelernt?«

»Das weißt du doch, beim Chapitre des Chevaliers.«

»Welchem? Wann genau?«, hakte ich nach.

»Willst du den Tag und die genaue Uhrzeit?«, antwortete sie abwehrend.

»Ja.«

Meine Mutter legte das Laken weg. »Warum? Was macht das für einen Unterschied?«, fragte sie schroff. Dann ging sie aus dem Raum und murmelte, dass es »kein Spaß ist, ein fünfzehnjähriges Mädchen zu erziehen«.

Am Nachmittag musste meine Mutter nach Beaune,

und ich nutzte die Gelegenheit, um die Fotoalben durchzuschauen und das Datum des Chapitre des Chevaliers herauszufinden. Sie hatte das Menü und das Programm des Abends in Vougeot sorgfältig aufbewahrt.

Wenn der Arzt die Wahrheit gesagt hatte und ich genau neun Monate vor meiner Geburt gezeugt worden war, war meine Mutter François Delfer zu jenem Zeitpunkt noch gar nicht begegnet.

»Bin ich François Delfers Tochter oder nicht?«, habe ich sie eines Morgens, als wir beim Frühstück saßen und mein Bruder noch nicht heruntergekommen war, harsch gefragt.

Die Ohrfeige traf mich eine Viertelsekunde später, bei der Erinnerung daran brennt mir noch heute die Wange.

»Du kleine Giftspritze!«, brüllte sie. »Wie kannst du es wagen, mich so etwas zu fragen?«

Ich weiß nicht, ob mich die Ohrfeige mehr traf oder dass sie mich »Giftspritze« genannt hatte. Am Abend, als ich aus der Schule zurück war, sprach ich kein Wort mit ihr. Nach einem halbstündigen Abendessen, währenddessen ich den Mund nicht aufgemacht und mein Bruder tapfer von einem Schulausflug erzählt hatte, legte meine Mutter das Besteck beiseite, ohne ihren Nachtisch aufgegessen zu haben, und sagte leise: »So kann es nicht weitergehen.« Stumm schauten wir uns an. Mit einem Mal wusste ich, wie die Antwort auf meine Frage lautete. Und ich wusste auch, dass ich bereit war, sie zu hören.

Sie bat meinen Bruder, uns allein zu lassen, stand auf und öffnete eine Schublade, aus der sie eine Packung Marlboro und ein Feuerzeug holte. Ich verkniff mir, sie daran zu erinnern, dass sie vor drei Jahren mit dem Rauchen aufgehört hatte. Sie stellte einen Aschenbecher auf die Tischdecke, holte eine Zigarette heraus und ließ das Feuerzeug schnappen. Mit geschlossenen Augen nahm sie den ersten Zug.

»Ich habe nicht gewusst, dass ich schwanger war, nicht sofort. Nicht, als ich hierher zurückkam … Dann vermutete ich etwas, ich war spät dran, also habe ich einen Schwangerschaftstest gekauft – nicht in der Nähe, da sich hier alle kennen, ich habe es so gedreht, dass Opa mich in Dijon absetzt, ich habe ihm gesagt, dass ich mit Freunden verabredet sei und ihn gebeten, mich abends wieder abzuholen. Ich habe den Test in einer Apotheke gekauft und den ganzen Nachmittag an nichts anderes gedacht, mit der Tüte aus der Apotheke in meiner Handtasche bin ich durch die Stadt gelaufen, habe in Cafés gesessen und gewartet, dass die Zeit vergeht. Einen Monat zuvor war ich noch in Paris, an der École du Louvre gewesen, alles war so nah und doch so fern. Alles hatte sich verändert.«

»War das in Paris, als du gesungen hast?«

»Ja genau, in der Band …« Sie blies den Rauch aus. »Mein Vater hat mich abgeholt, ich habe ihm erzählt, dass ich einen tollen Nachmittag gehabt hätte. Er freute sich, es schien ihn zu beruhigen, verrückt, wie leicht man die Menschen täuschen kann. Abends hatte ich dann das Ergebnis, ich war schwanger. Ich hatte solche Angst, ich wusste nicht, was ich meinen Eltern sagen sollte, wirklich lächerlich, ich war ja volljährig, ich musste sie nicht um Erlaubnis fragen … Der einzige Mensch, mit dem ich darüber sprechen wollte, war nicht mehr da, und ich

wusste nicht, wo er war. In den USA, aber wo? Und damit war er unerreichbar, es gab damals keine Handys, keine Mails, nichts … Seinen Bruder, ja, den hätte ich anrufen können, aber was hätte ich ihm sagen sollen?« Sie klopfte die Zigarette über dem Aschenbecher ab. »Außerdem hatten wir Schluss gemacht«, fuhr sie fort, »wir hatten uns Lebewohl gesagt, alles war vorbei, was hätte ich denn tun sollen, hier im tiefen Burgund. All das … ging über meine Kräfte.«

»Du hättest ja abtreiben können«, antwortete ich und bereute es sofort.

»Das ist mir niemals in den Sinn gekommen«, entgegnete sie bestimmt. »Niemals«, wiederholte sie mit Nachdruck und sah mich an.

Ich schlug die Augen nieder.

»Da habe ich François kennengelernt. Zwei oder drei Tage später, ich weiß nicht mehr. Meine Eltern haben mich nach Vougeot mitgeschleppt, ich wollte gar nicht, aber es machte ihnen eine solche Freude, also habe ich mich überreden lassen, ich hatte ihnen auch gesagt, dass ich nun doch das Gutshotel übernehmen wollte, also waren sie stolz, ihre Tochter herumzuzeigen, die ihren Familienbetrieb weiterführen würde, das war ihnen wichtig, mein Kunststudium in Paris hatte ihnen Sorgen bereitet, die Band und die Singerei noch mehr, sie hatten Angst, dass ihre Tochter Drogen nehmen würde oder was weiß ich … Wenn ich die École du Louvre geschafft hätte, wäre alles anders geworden …« Sie drückte ihre Zigarette aus, um sofort eine neue anzuzünden. »Da traf ich also deinen Vater, François, in Vougeot«, fuhr sie fort. »Ich hatte

von ihm gehört, er war der Sohn eines Schulfreundes von Oma, ich merkte, wie sehr es ihnen allen gefiel, dass wir uns mochten, François und ich. Das ist so abgedroschen, wenn ich daran zurückdenke … An jenem Abend in Vougeot hatten wir ein wenig zu viel getrunken, wir sind in die Weinberge gelaufen und haben uns geküsst, ich weiß nicht mehr, warum ich das eigentlich gemacht habe, ich wollte alles vergessen, noch einmal von vorne anfangen. Und er war nett, er war aufmerksam … ich wollte … alles andere vergessen. François und ich sind wenige Tage nach dem Kuss zwischen den Weinreben ein Paar geworden, dann wurde es ernst, sehr ernst, er hat eines Abends um meine Hand angehalten, einfach so, er wirkte so entschlossen … Ich habe mir Bedenkzeit erbeten. Ich wollte ihm sagen, dass ich von einem anderen schwanger bin, und habe es nicht fertig gebracht, ich dachte, dass das alles kaputtmachen würde, unsere junge Liebe, meine Eltern, seine. Dann kam mir der rettende Gedanke: Ich würde einfach gar nichts sagen … Es lagen nur drei Wochen dazwischen, Männer verstehen nicht viel davon«, fügte sie lächelnd hinzu. »Das Kind würde einfach ein bisschen zu früh zur Welt kommen. François hat mich nur einmal zu Doktor Lessart begleitet, zu einer Kontrolluntersuchung während der Schwangerschaft. Das Übrige besprach ich mit Doktor Lessart allein, er wusste nicht, wann François und ich uns kennengelernt hatten. Es war einfach … Zudem war François bei deiner Geburt nicht einmal dabei, er war wegen der Weine in Singapur. Drei Wochen zu früh, du warst eben ein kräftiges Baby, musstest nicht einmal in den Brutkasten … Nur ich und

Lessart wussten, dass du nicht zu früh gekommen warst. Niemand ist misstrauisch geworden. Als du geboren warst, haben wir uns nur noch für dich und dein Lächeln interessiert. Nur meine Mutter«, sie kaute auf ihrer Unterlippe, »ich glaube, sie hat etwas geahnt, aber wir haben nie darüber gesprochen.«

»Wer ist er?« fragte ich. »Wer?«, habe ich in die Stille hinein wiederholen müssen.

Meine Mutter stand auf, öffnete eine Schranktür und holte eine Ausgabe der Zeitschrift Challenges *hervor, die das Hotel für die Geschäftsleute, die mit ihren Familien zur Erholung ins Burgund kommen, abonniert hatte. Auf dem Titelblatt war ein Mann mit hellbraunem Haar, einem katzenhaften Lächeln und melancholischen Augen zu sehen, in denen aber ein besonderes Feuer zu lodern schien. Er hatte die Hände vor dem Körper verschränkt und schien etwas aufmerksam zu betrachten. Man konnte erkennen, dass seine Manschetten mit eleganten Knöpfen aus Tigerauge gehalten wurden. Die Zeitschrift hatte das Bild mit »JBM, Geburt eines Kaisers« untertitelt.*

»Das ist er«, sagte meine Mutter schlicht. »Du kannst mir jede Frage stellen, die dir auf der Zunge brennt, ich werde antworten, aber ich bitte dich um eines: Was auch immer aus meiner Beziehung zu François wird, ich will nicht, dass du es ihm sagst, und ich will auch nicht, dass du es deinem Bruder sagst. Versprich mir das.«

Ich schwieg – warum hätte ich mit François Delfer darüber sprechen sollen, und was sollte ich meinem Bruder, einem elfjährigen Jungen, schon sagen? – und flüsterte dann: »Ich verspreche es …«, ohne die Augen von

JBMs Foto abzuwenden, und im Geiste, daran erinnere ich mich, als wäre es gestern geschehen, habe ich still hinzugefügt: … dich zu finden.

675 × 564 = 380 700

Von da an war Aurores Leben auf ein einziges Ziel ausgerichtet: den Mann mit dem Katzenlächeln zu finden. Bérangère hatte ihr von ihrer Begegnung mit ihm erzählt, von der Rockband, Pierre, dem Kommissionär für Antiquitäten, ihren Ausflügen ins Relais de la Clef und ihrer Trennung. Als sie auf dem Treppenabsatz im ersten Stock auseinandergegangen waren, war die Nacht weit fortgeschritten.

»Es tut mir leid«, sagte Bérangère und nahm ihre Tochter fest in den Arm.

Aurore schloss ihre Zimmertür hinter sich, ließ sich aufs Bett fallen und verbarg das Gesicht in ihrem Kopfkissen, bis sie keine Luft mehr bekam.

Der Artikel beschrieb ihn als diskreten und charismatischen Geschäftsmann, den alle respektierten. Des Weiteren ging es um seine Verbindungen zu einer wichtigen Unternehmensgruppe, von der sie noch nie gehört hatte und die Luxushotels und Kasinos auf der ganzen Welt besaß: Caténac. Jean-Bernard Mazart war mit Blanche de Caténac verheiratet, ein Name, der Aurore wie aus einem Märchen zu stammen schien. Ein Mann, der von François Delfer Lichtjahre entfernt war.

Im Jahr darauf ließen er und Bérangère sich scheiden. Aurore hielt ihr Versprechen. Sie sagte François nie, dass sie wusste, dass er nicht ihr Vater war. Er wandte sich von seiner alten Familie ab und begann mit einer anderen Frau ein paar Kilometer weiter ein neues Leben.

Auf dem Weg zu JBM würde sie einige Stufen erklimmen müssen. Aurore machte sich an die Arbeit. Von einer durchschnittlichen und am Unterricht mittelmäßig interessierten Schülerin verwandelte sie sich in eine brillante und leidenschaftliche Klassenbeste und studierte nach ihrem hervorragenden Abitur Jura und Sprachen. Um an der Seite von JBM zu arbeiten, musste sie mindestens vier Sprachen beherrschen; sie lernte sechs. Wegen ihrer Verbissenheit gaben ihre Kommilitonen ihr den zärtlichen Spitznamen »Terminator«. Die Jahre vergingen, und JBM erschien immer noch unerreichbar – auf die Bewerbungen, die Aurore an die Arcadia-Gruppe geschickt hatte, hatte sie Standardabsagen bekommen, denen zufolge alle Stellen besetzt waren. Aurore verfolgte ihre Karriere als Assistentin und kletterte dabei immer ein Stück höher. Aus Aurore war eine elegante Sechsundzwanzigjährige im grauen Hosenanzug geworden, als die Europäische Kommission, bei der sie arbeitete, eine Konferenz mit dem Titel »Digitales Europa, die letzten Grenzen« veranstaltete.

Vor der Konferenz tat Aurore zwei Nächte lang kein Auge zu. Im Geiste ging sie ihren Plan durch wie ein Verbrecher, der jedes Detail eines Überfalls auf einen Geldtransporter und seine Flucht wochenlang minutiös plant, obwohl die Tat selber kaum fünf Minuten dauert.

Sie würde ihrer Einschätzung nach nur wenige Sekunden zur Verfügung haben. Abends übte sie allein vor dem Spiegel, wie sie auf ihn zugehen und ihm die Hand reichen würde. »Guten Abend, mein Name ist Aurore Delfer, ich würde gern für Sie arbeiten.« Sie musste ihm direkt in die Augen schauen, ohne aufdringlich, ohne wie eine Bittstellerin zu erscheinen. *Sein Interesse wecken.* Wenige Sätze würden über ihr Leben entscheiden. Bei dem Empfang im Anschluss an die Konferenz schritt sie schließlich zur Tat, sie entfernte sich von ihren Kollegen und wartete ab, bis JBM einen Augenblick allein war. Sie leerte ihr Champagnerglas und stellte es ab, atmete tief durch und ging geradewegs auf ihn zu; sie stieß sogar unsanft einen Mann zur Seite, der ihr häppchenessend den Weg versperrt hatte. Vor JBM blieb sie stehen, sah ihm direkt in die Augen und reichte ihm mit ihrem schönsten Lächeln die Hand: »Guten Abend, mein Name ist Aurore Delfer, ich würde gern für Sie arbeiten.«

Die Berührung seiner Hand – elf Jahre waren vergangen, seit sie sein Gesicht in dem Wirtschaftsmagazin gesehen hatte, elf Jahre, bis sie ihn hatte berühren dürfen.

»Guten Abend«, sagte er lächelnd, »und wer sind Sie, Aurore Delfer?«

»Eine von Mario Moncellis Assistentinnen.«

»Gut«, nickte JBM, offensichtlich war er zu dem Schluss gekommen, dass diese Stelle das Ergebnis einer ordentlichen Laufbahn war. »Warum wollen Sie für mich arbeiten?«

Aurore fuhr mit der kleinen Rede fort, die sie vor dem

Spiegel eingeübt hatte, aber er unterbrach sie: »Was macht 675 multipliziert mit 564?«, fragte er sie lächelnd.

Aurore schloss eine Sekunde die Augen: »380700.«

Das Lächeln wich aus JBMs Gesicht, er legte den Kopf schief und sah Aurore ernst an. Ihr kam es so vor, als wäre die Menschenmenge aus dem Saal verschwunden, kein Geräusch und keine Unterhaltung drangen an ihr Ohr – es gab nur noch sie beide.

»Nur wenige Menschen können mich noch überraschen«, sagte JBM schließlich. *»Let's try again.«*

»Try me«, wagte Aurore zu antworten und sah ihn dabei herausfordernd an.

»8765 minus 5438?«

»3327!«

»Aurore!«, rief von weitem ihre Vorgesetzte, mit einem kleinen Zeichen, dass sie zurückkommen solle und es nicht unbedingt gern gesehen war, dass sie mit JBM persönlich sprach.

»Ich muss gehen«, entschuldigte sie sich mit einem bedauernden Lächeln.

»Sie sprechen mit mir«, entgegnete JBM ruhig, ohne sie aus den Augen zu lassen, »Sie können sich also alles erlauben. Eine Demonstration.«

Er winkte der Frau, die Aurore gerufen hatte, freundlich zu, begleitet von einem vollkommen falschen Lächeln. Die Frau hob sofort ihr Glas in ihre Richtung und setzte eine unterwürfige Miene auf.

»Voilà, das ist geklärt. Fahren wir fort … Wie machen Sie das?«

»Ich sehe die Zahlen.«

»Ich auch.«

»Später«, warf JBM einem Mann zu, der an ihn herangetreten war und sogleich wieder kehrtmachte.

»Jetzt geben Sie mir Ihre Visitenkarte, dafür sind Sie ja hergekommen.«

»Das stimmt, aber Madame Crespin lässt mich nicht aus den Augen«, sagte sie, nachdem sie sich kurz zu der Frau umgedreht hatte, die nach ihr gerufen hatte.

»Wo ist Ihre Karte?«, fragte JBM.

»In meiner Jackentasche.«

»Gut, nehmen Sie Ihre Karte, halten Sie sie mit dem Daumen an der Innenseite ihrer Hand fest und schütteln Sie mir die Hand, um das Übrige kümmere ich mich.«

Aurore angelte unauffällig die Karte aus ihrer Tasche und reichte JBM zum Abschied die Hand, er ergriff sie, und sie sah, wie er ihre Visitenkarte im Ärmel seines Hemdes verschwinden ließ.

Aurore ging davon und drehte sich dann zu ihm um, er war ihr mit den Augen gefolgt, andere Gäste belagerten ihn bereits, aber er schien ihnen nicht zuzuhören. Eine Minute später drehte sie sich erneut um. Er war verschwunden.

Aurore wollte gerade ein paar Münzen für den Kaffee auf den Tisch legen, als sie sah, wie die Tür des Schlosshotels heftig aufgestoßen wurde. JBM trat heraus. Sie stand auf, die Münzen glitten ihr aus der Hand, aber sie hörte nicht, wie sie auf die Erde fielen. Er überquerte die Straße und ging auf sie zu, ohne den Blick von ihr abzuwenden, er wirkte aufgewühlt. Er sprang die drei

Stufen zur Terrasse des Cafés hoch und blieb vor ihr stehen. Aurore war nicht fähig, ihre Augen von seinen zu lösen, während er sie ansah, als sähe er sie zum ersten Mal. Dann, ohne ein Wort zu sagen, riss er sie heftig an sich. Aurore sollte sich daran erinnern, dass sie schwer geatmet hatte, ihr ging beinahe die Luft aus, er schien sie nie mehr loslassen zu wollen, es war, als ob sie beide in dieser Position auf ewig eingefroren wären. Und sie sollte sich an seinen Atem in ihrem Nacken erinnern, diesen Atem, der plötzlich gestockt war und alle Worte ersetzt hatte.

Zénith und Semtex

Wir werden nicht verschwinden! Wir sind seit tausend Jahren hier!«

Im Saal des Zénith in Paris brodelte es, die Nacht war bereits hereingebrochen. Vaugan bewegte sich über die Bühne und hielt vor der Menge ganz ohne Notizen eine feierliche Rede. Er sprach nun schon seit vierzig Minuten. Seine Internetseite, auf der seine Rede, wegen der weltweiten Verständigung mit englischen Untertiteln, live übertragen wurde, zählte vierhunderttausend Zugriffe aus ganz Europa. Am Vortag hatte sich die New York Times in einem Dossier zum Aufstieg der extremen Rechten in Europa zu einem Artikel über »Sébastien *no limit* Vaugan« durchgerungen. Auf dem Foto posierte der Gründer von France République (Ex-WMA) mit erhobenem Kinn und in recht mussolinihafter Haltung. Nachdem er über kriminelle »in Frankreich geborene Einwanderer«, dann über die Vororte wie den, aus dem er selbst stammte (»Sohn eines Arbeiters, Enkel eines Arbeiters, selbst Arbeiter!«), die »Franzosen, die keine waren und es nie sein werden«, gesprochen hatte, nachdem er um eine »Lärm-Minute« zum Gedenken an den »verdammten Tag« von 1976 gebeten hatte, an dem

Präsident Giscard d'Estaing und sein Premierminister Jacques Chirac das Gesetz zur Familienzusammenführung unterzeichnet hatten, das den Einwanderern erlaubte, ihre Angehörigen nachzuholen und eine »Familie und Nachkommenschaft auf französischem Boden zu gründen, auf dem sie schlichtweg nichts zu suchen haben«, und bevor er zur Islamisierung des Landes kommen sollte (»Ich weiß, auf diesen Teil wartet ihr, und ihr werdet nicht enttäuscht sein«), gab Vaugan seine geopolitischen Ansichten zum afrikanischen Kontinent wieder. Er hatte sich, entgegen des Ratschlags seines PR-Beraters, entschieden, seine Zuhörer zu duzen, was gut anzukommen schien.

»Was ist das, eine Revolution? Das ist, wenn eine Kaste eine andere ersetzt und die Veränderung durch Blutvergießen geschieht. Weil alle legalen und *soften* Mittel gescheitert sind. Nichts anderes ist eine Revolution. Ich höre deine Antwort, mein Freund, die weinerliche Antwort eines Flachkopfs, dem man den Schädel mit humanistischen Ideen vollgestopft hat: ›Aber Vaugan, du bist verrückt, die Einwohner Afrikas haben nicht die Mittel, um aufzubegehren. Sie sind arm und unglücklich. Sie haben resigniert, deshalb kommen sie zu uns.‹ Wie bitte? Machst du Witze? Dir ist bestimmt nicht entgangen, dass die Afrikaner, wenn sie ihre Macheten schnappen, um mit dem Nachbardorf abzurechnen, die Wände ordentlich mit Blut bespritzen! Dir ist wohl kaum entgangen, dass diese Typen nicht gerade intellektuelle Humanisten sind? Sie sind Weltmeister in zwei Disziplinen: beim Wettlaufen und beim Kampf mit der Machete!«

Donnernder Applaus folgte, als Vaugan die berühmte Siegergeste von Usain Bolt nachahmte.

»Also? Warum begehren sie nicht gegen ihre Pseudo-Diktatoren auf? Warum stürzen sie uns ins Chaos, anstatt bei sich für Ordnung zu sorgen? Hmm? Worauf warten sie, um ihre Negeranführer zu stürzen, die sich mit dem Geld des sogenannten globalen Kapitalismus bereichert haben?«

Der PR-Berater verzog das Gesicht, er hatte das Wort »Neger« extra aus der Rede gestrichen.

»Warum übernehmen sie nicht die Macht, krempeln die Ärmel hoch und beginnen mit dem Aufbau, Aufbau verdammt! Städte, Straßen, Brücken, wie es alle Länder der Welt irgendwann gemacht haben. Hier, in unserem schönen Land, gab es auch eine Zeit, in der es nur kleine Dörfer mit Kackstraßen gab, die nirgendwo hinführten, und Wälder voller Wölfe! Ist es so geblieben, frage ich euch? Nein! Warum? Weil wir eines Morgens entschieden haben, unser Schicksal in die Hand zu nehmen und Städte, Straßen, Brücken und Häfen gebaut haben, wir haben Handwerksbetriebe aufgebaut, haben Eisen und Kohle gefördert, Mühlen aufgestellt, um Getreide zu mahlen. Die sind nicht mal fähig, einen Brunnen zu graben, obwohl ihnen seit sechzig Jahren gesagt wird, wie es geht!«

Tosender Applaus und Pfiffe.

»Wir haben den Boden beackert und die Früchte unserer Anstrengungen verkauft, wir haben Geschäfte aufgebaut. Warum sind diese ganzen verdammten Länder dazu nicht fähig? Warum sind sie eine Bürde für die ganze Menschheit? Weil sie stinkfaul sind! Sie hängen wie Faultiere in den Bäumen und tun gar nichts!«

Erneut brandete Applaus im Saal auf.

»Wollt ihr die Lösung wissen? Die Lösung, die wir seit fünfzig Jahren suchen? Ich kenne sie …«

Vaugan machte eine Pause, bevor er ausstieß: »Kolonialisieren wir sie neu! Da sie selber nichts hinbekommen … Gut, dann kommen wir zurück und zeigen es ihnen! He, gute Neuigkeiten, Afrikaner, bewegt euch nicht, wir kommen wieder! Aber was die Bestandsaufnahme betrifft, das müssen wir noch mal prüfen, wir haben ihnen florierende Länder überlassen, und zurück geben sie uns Schutt, aber das ist nicht schlimm, nehmen wir trotzdem, Frankreich ist großzügig!«

Der ganze Saal war nun wie im Rausch, es wurde lautstark gelacht, selbst Vaugan erlaubte sich zu lachen und wischte sich das Gesicht ab, bevor er wieder ernst wurde.

»Und die ganzen Migranten, die über uns hereinbrechen wie Heuschrecken, die angeblich arme Unglückliche sind, die für ihre Reise viel bezahlt haben und von Schleppern ausgebeutet werden … Was, verdammt noch mal, geht uns das an?«, brüllte Vaugan. »Interessiert sich der Bauer für den Gemütszustand der Heuschrecke, die über sein Feld herfällt und seine Ernte frisst, hmm? Bestimmt schaut er in einem Nachschlagewerk über Insekten nach, um zu schauen, was eine Heuschrecke ist: Heuschrecke, wer bist du, Heuschrecke, woher kommst du? Natürlich nicht! Er schert sich einen Dreck darum, was das für ein verfluchtes Insekt ist, er will nur sein Feld schützen, den Ertrag mühevoller Arbeit. Und diesen verdammten Schädling loswerden, raus mit ihm!«

»Raus! Raus! Raus!«, erklang es im Saal.

»Habt ihr die Bilder aus Italien gesehen? Von Lampedusa? Aus Calais? Habt ihr diese Typen in Calais gesehen, die über die armen Lastwagenfahrer herfallen, um nach England zu kommen? Anscheinend gibt es dort sogar Äthiopier und Eriträer – ich weiß nicht, wo das liegt, Eritrea, und ich will es auch nicht wissen, aber findet ihr, dass sie wie arme Leute aussehen? Ich finde, sie sehen aus wie das, was sie sind: Gauner! Barbaren!«, schrie Vaugan heiser, um den Beifall zu übertönen. »Barbaren«, fuhr er fort, als der Applaus abgeebbt war, »gekommen, um die Grenzen der europäischen Länder mit dem Stemmeisen aufzubrechen. Das sind Diebe! Und diese Boote im Mittelmeer, über die so viel geheult wird, weil sie mit fünfhundert Nasen an Bord untergegangen sind, obwohl nur neunzig reingepasst hätten, dürfen von der Küstenwache auf keinen Fall gerettet werden, ganz im Gegenteil!«, regte sich Vaugan auf. »Wir müssen Wellen machen! Wellen und nochmals Wellen!«

Der Saal tobte.

»Gehen wir an alle Küsten!«, geiferte Vaugan, während er an den Rand der Bühne trat. »Tauchen wir die Hände ins Wasser«, schrie er mit der passenden Geste, »und machen wir Wellen«, sagte er, während er wild die Hände bewegte.

»Wellen! Wellen! Wellen! Wellen!«, skandierte die Menge wie einen Schlachtruf.

»Die Illegalen … Ach, die Illegalen!«, fuhr er mit geschwellter Brust fort. »Das Lieblingsthema der Wohlstandsbürger, der reichen Linken, der Eliten und der Stars aus dem Show-Business! Ihr Zeitvertreib, ihr Hobby!«, spie Vaugan aus. »Aber was sollen wir mit diesen ganzen Illegalen machen? Was werden wir mit diesen ganzen armen Leuten machen? Was können wir tun?«, fragte Vaugan, das Gesicht zu einer weinerlichen Miene verziehend, die entfernt an Jack Nicholson in *The Shining* erinnerte. »Da sie ja keine Papiere haben – nun, dann sollen sie doch gehen! Sollen sie abhauen! Ein für alle Mal! Glaubt ihr etwa, ich könnte, wenn ich in die USA reise, irgendwo untertauchen und zehn oder fünfzehn Jahre lang illegal arbeiten, und dann eines Morgens aufkreuzen und in den Straßen von New York oder Washington in den Sitzstreik treten? Glaubt ihr das? Dass ich mit einem Pappschild in der Hand herumschreien könnte und mich über Amerika beschweren, das mir keinen amerikanischen Pass gegeben hat, da ich ja illegal auf dessen Grund und Boden arbeite, glaubt ihr das?«, brüllte Vaugan. »Glaubt ihr, die Amis würden sich humanitären Hilfsorganisationen anschließen, um Arschlöchern wie mir zu helfen? Glaubt ihr das? Nein, die würden mich mit einem Tritt in den Arsch heimschicken!«

Das Publikum geriet in Ekstase. Von allen Seiten war »Vaugan, Vaugan!« zu hören.

Er stellte sich in der Mitte der Bühne direkt unter den Scheinwerfer. »France République besetzt den rechten Flügel der Konservativen: ›Rechts von der Rechten‹, das ist unser Motto. Habt ihr Angst davor, rechts von der Rechten zu stehen? Ich nicht! He! Russischer Kamerad, *tovaritsch*! Rede mit mir«, schrie Vaugan durch seine zum Trichter geformten Hände. »He! Amerikanischer Präsident, beweg' deinen Arsch aus dem Oval Office! Komm her und rede mit mir! Deutsche Kanzlerin, zieh dein Jäckchen an und rede mit mir, he! He, Engländer! Premierminister der Queen, komm her und rede mit mir! Präsident im goldenen Élysée-Palast, komm her und rede mit mir! He! Frankreichs Volk! Frankreichs Volk, rede mit mir!«

Vaugan breitete die Arme aus. Das Publikum im Zénith war wie im Rausch, viele waren aufgestanden.

»Arbeiter, Bauern, Mittelschicht und Oberschicht, Arbeitslose, Rentner ohne einen Heller, Absolventen ohne Arbeit, ich rufe alle Enttäuschten …«

Sein PR-Berater begann, fieberhaft die Rede durchzublättern – diese Sätze standen ganz und gar nicht im Text.

»Ich rufe alle Ranglosen, Hoffnungslosen, Mittellosen«, fuhr Vaugan fort, »ich rufe das Volk aus allen Himmelsrichtungen, ich rufe die Menschen vergangener Zeiten: Erhebt euch aus euren Gräbern, nehmt eure Waffen, eure Adler, eure Kronen, ich rufe Napoleon, Chlodwig, Karl den Großen, Ludwig den Heiligen, ich rufe das auf dem Schlachtfeld vergossene Blut unserer Toten, ich rufe Frankreich … zum Auf-stand auf!«, brüllte er, die Arme weit ausgebreitet und den Kopf nach hinten gelegt.

Der halbe Saal erhob sich und hob die Faust, Vaugans

Name wurde gerufen. Andere klatschten mit nach oben gereckten Armen. Wieder andere stampften mit den Füßen auf, Fahnen wurden frenetisch geschwenkt. Vaugan sah junge Leute im Bühnengraben, bei denen der Wandel der Partei noch nicht angekommen war und die ihre Hände zum faschistischen Gruß hoben. Aber im Grunde gefiel es ihm, all die in seine Richtung gestreckten Arme zu sehen. »Nieder mit Europa! Nieder mit Brüssel!«, riefen die Männer erregt. Das Gebrüll schwoll an, Vaugan setzte zum zweiten Teil seiner Rede an.

»Jetzt?«, fragte der Mann in Grau.

»Noch einen Moment«, antwortete die Stimme in seinem Ohr.

»Jetzt werde ich euch von Menschen erzählen, die wirklich leiden und über die nie jemand spricht, in den tiefsten Winkeln unseres schönen Landes! Jetzt werde ich euch von Moscheen erzählen, die wie Pilze aus dem Boden schießen und die mit Millionen Euro von eurem Geld subventioniert werden, ich werde euch von den letzten Priestern auf dem Land erzählen, die jeden Tag nichts als ein weichgekochtes Ei essen und die Messe in einer Kirche lesen müssen, deren Bänke nur zu einem Viertel besetzt sind. Ich werde euch vom Untergang dieses Landes erzählen!«, brüllte Vaugan.

»Jetzt«, sagte die Stimme.

Der Mann in Grau, der seit Beginn der Veranstaltung ein Gerät von der Größe eines Telefons in seiner Tasche umklammerte, drückte auf die Taste und schloss die Augen. Ein gleißender Blitz erstrahlte mitten auf Vaugans Bühne. Drei Ladungen mit je zwanzig Kilo Semtex explodierten exakt wie geplant, und die Bühne brach ein und riss Vaugan mit sich; ein kurzes, aber ohrenbetäubendes Donnern war zu hören, dann stieg Rauch empor. Im Zuschauerraum ertönten Schreie, aber das Blut, das vielen Besuchern über das Gesicht lief, war ihrem geplatzten Trommelfell geschuldet.

»Erledigt«, erklärte der Mann in Grau knapp, bevor er sich durch die Menge zum Ausgang drängte.

Ein dreibeiniger Hund

Als Aurore am Morgen die Fensterläden öffnete, hing über den Weinreben dichter Nebel. Sie fand ihre Mutter vor dem Fernseher, in den Nachrichten wurde über das Attentat im Zénith berichtet, offenbar lag Vaugan im Koma. Es gab elf Schwerverletzte, darunter sein PR-Berater, den es am schlimmsten getroffen hatte. Die Untersuchung hatte begonnen, und in den Medien wurde bereits mit Mutmaßungen um sich geworfen: Eine Fehde zwischen Rechtsextremen? Oder Islamisten? Das verwendete Material wies darauf hin, dass man es mit »erfahrenen Personen oder sogar Professionellen« zu tun hatte.

»Er hat bereits gefrühstückt«, sagte Bérangère, »dann ist er mit einer Tasche in den Weinberg gegangen. Ich hätte ihn nicht gehen lassen sollen, er wird sich verirren. Sie betrachtete den Nebel hinter den Fensterscheiben.

»Ich gehe schon«, sagte Aurore.

Sie zog einen Parka über und ging hinaus.

Am Abend zuvor hatte JBM Bérangère in die Arme genommen, er hatte sie an sich gedrückt und »danke« geflüstert.

»Wofür?«, hatte Bérangère halblaut gefragt, aber JBM hatte nicht geantwortet, sondern lediglich hinzugefügt: »Entschuldige bitte, es tut mir alles so leid …« Dann hatte er sich sehr erschöpft gefühlt.

»Müsst ihr unbedingt nach Paris zurück?«, hatte Bérangère gefragt. »Bleibt doch hier, es sind Zimmer frei.«

JBM hatte Aurore angesehen. Beide hatten denselben Gedanken: Blanche. Der Flug Paris-New York würde sieben Stunden dauern, sie war noch in der Luft und würde vor morgen bestimmt nicht versuchen, JBM zu erreichen. Sie würde von seinem Ausflug ins Burgund also nie etwas erfahren.

»Wir bleiben«, hatte JBM beschlossen.

Der Nebel verhüllte die Weinreben. Er suchte nach dem Steinkreuz, das den Zugang zum Romanée-Conti-Weinberg markierte, Bérangère zufolge stand es »am Ende der Rue du Temps Perdu, aber du musst nicht die Straße nehmen, du kannst auch übers Feld dorthin gelangen«.

»Ich muss die *Straße der verlorenen Zeit* nicht nehmen?«, hatte JBM lächelnd gefragt, »bist du dir da sicher?«

Nun blieb er stehen und sah sich um. Man konnte keine fünf Meter weit sehen.

»Die Elemente sind eins«, murmelte JBM in Erinnerung an jenen Satz, den Pierre so gern zitiert hatte: »Ich bin im Auge des Zyklons, es gibt nur noch den Himmel, die Elemente sind eins, um mich herum sind nur Berge aus Wasser« – der letzte Funkspruch, den Alain Colas um vier Uhr morgens am 16. November 1978 von der Manureva sendete, auf dem offenen Meer vor den Azoren.

In jenem Herbst hatten sie beide das phantastische Rennen und das tragische Verschwinden des Seglers verfolgt. Wochenlang wurde nach ihm und seinem Boot gesucht, doch sie wurden nie gefunden. Ein Detail hatte Pierre nicht losgelassen, da es seiner Meinung nach das Schicksal beeinflusst hatte: Alain Colas hatte seinen Notsender nicht dabeigehabt – jenes Gerät, das weltweit auf derselben Frequenz Signale abgibt, die Flugzeuge und Schiffe zweiundsiebzig Stunden lang empfangen können. Er hatte ihn vor der Abfahrt einfach vergessen, man hatte ihn in einer Tasche am Hafen von Saint-Malo gefunden.

JBM zögerte – sollte er weiter geradeaus oder lieber rechts durch die Weinstöcke gehen? –, als ein Schatten aus dem Nebel hervorbrach, ein kleiner Hund lief auf ihn zu, dem die rechte Vorderpfote fehlte. JBM stellte seine Tasche ab, hockte sich hin und streckte die Hand aus, die der kleine Hund freudig abschleckte, während er sich gekonnt auf seinen drei Beinchen hielt.

JBM kraulte ihn zwischen den Ohren. »Was ist dir denn geschehen, armes Freundchen?«

Der Hund bellte mehrmals mit der nervösen Begeisterung glücklicher kleiner Hunde.

»Ich habe mich verirrt«, sagte JBM zu ihm, »ich wollte zum Romanée-Conti-Weinberg. Führst du mich zu dir nach Hause?«

Das Tier bellte erneut und lief in den Nebel, an den Reben entlang. JBM folgte ihm, während der Hund vorweghüpfte. Nach etwa einer Minute blieb er stehen, setzte sich und schaute JBM mit heraushängender Zunge an. Der Nebel lichtete sich ein wenig, und JBM konnte einige Meter vor ihnen das imposante Steinkreuz ausmachen, das sechs Jahrhunderte zuvor errichtet worden war und den Eingang zum wundervollen Weingebiet des Romanée-Conti kennzeichnete.

»Danke, mein Freund«, murmelte JBM und tätschelte den Rücken des Hundes.

Ein steinernes Kreuz, ein Weinberg und ein Tal, nach allem, was er im Nebel erkennen konnte, hatte sich an dieser Landschaft seit Karl VII. nichts verändert.

»Sie haben Jimmy gefunden …«

JBM fuhr herum, Aurore trat aus dem Nebel.

»Das ist der Hund des Weingutes«, fuhr sie fort, »genau der Richtige, um Ihnen den Weg zu weisen.«

Sie beugte sich zu Jimmy hinunter, der eifrig mit dem Schwanz wedelte.

»Und du bist die Richtige, mich zu begleiten«, fügte JBM hinzu.

»Ja«, lächelte Aurore, »ich bin dein dreibeiniger Hund.«

»Nein, du bist meine wundervolle Tochter.«

Schweigend blickten sie sich an, dann sah Aurore auf die Tasche. »Er wollte einen Ort der Schönheit und der Geschichte.«

»Wir sind an einem solchen Ort, oder?«, fragte JBM.

»Das sind wir.«

JBM zog den Reißverschluss der Tasche auf, holte vorsichtig die Urne heraus und nahm den Deckel ab.

Aurore trat einen Schritt zurück, sie hielt sich sehr aufrecht. Der Hund setzte sich und beobachtete aufmerksam das Geschehen.

»Gehen wir näher an die Weinstöcke«, schlug JBM vor, »Pierre wird dort in seinem Element sein.«

Sie gingen drei Schritte vor, der Hund folgte ihnen und setzte sich erneut. Ein wenig Wind war aufgekommen und blies nun in Richtung der Weinreben den Nebel davon. Aurore schlug ein Kreuz. JBM hob die Urne und drehte sie um, die Asche fiel heraus, wurde vom Wind davongetragen, stieg am Kreuz empor und flog dann über die Reben davon. Als die Urne leer war, klopfte JBM auf die Unterseite, bis die letzten Partikel des Antiquitätenhändlers wegflogen. Er stellte sie an den Fuß des Kreuzes und ging zu seiner Tochter zurück. Der restliche Nebel löste sich auf. JBM, Aurore und der Hund blieben lange still, ihre Blicke und Gedanken verloren sich in der Landschaft. Der Hund bellte kurz.

»Ende der Zeremonie«, bemerkte JBM.

Die Ratten

Karim, Parkwächter des Jardin des Tuileries, hob den Blick aus seiner Fußballzeitschrift und sah zu *Bubble* hinüber. Er hatte Frauen schreien hören – und sofort an einen Exhibitionisten gedacht. Es war schon vorgekommen, dass ein Mann im Trenchcoat den Spaziergängerinnen seine Ware zeigte. So einen verfolgte Karim dann durch die Alleen, bis er den verängstigten Kerl zu Boden warf, der ihn anflehte, nicht die Polizei zu rufen, und ihm manchmal sogar Geld bot, damit er ihn gehen ließ. Aber nun entdeckte er keine männliche Gestalt, die sich auffällig verhielt. Die Szene spielte sich am Boden ab, im Staub der Tuilerien. Karim erhob sich von seinem Stuhl und ließ sogar seine Zeitschrift fallen.

»Macht den Weg frei!«, rief er und blies in seine Trillerpfeife. *»Move, move, go away!«*, wiederholte er auf Englisch.

Aber die Spaziergänger, Franzosen wie Ausländer, benötigten seine Rufe nicht, sie hatten sich schon aus dem Staub gemacht.

Karim griff nach seinem Walkie-Talkie: »Hier Karim am Eingang, ich habe ein Problem, ein großes Problem!«

»Was ist los, Karim?«, kam die knisternde Antwort.

»Die Ratten! Ich weiß nicht, woher sie kommen, aber hier sind Dutzende. Sie laufen alle auf die Skulptur zu.«

»Was soll der Unsinn?«

»Das ist kein Unsinn! Kommt sofort her! Von überall kommen Ratten.«

Inzwischen hatten sich bestimmt um die hundert Nager in Habachtstellung um den Brunnen herum positioniert. Ein etwas kühnerer Tourist näherte sich ihnen und fotografierte sie mit seinem iPhone. Die Ratten gingen in Angriffshaltung, als er näherkam.

»Gehen Sie weg! *Get out, get out*!«

Karim sah zum ersten Mal, dass die Ratten des Parks ein aggressives Verhalten an den Tag legten. Eine von ihnen sprang dem Mann ans Bein und kletterte mit flinken Pfoten bis zu seinem Gesicht hoch. Der Kerl sprang zurück, während seine Frau loskreischte, er warf unkoordiniert die Arme um sich, die Ratte fiel zurück auf die Erde und lief zu ihren Artgenossen zurück.

»Sind Sie verletzt?«, fragte Karim den Mann, der sich mit der Hand übers Gesicht fuhr.

»No! Va bene, ma che è succeso?«, stotterte der Mann mit verzerrtem Gesicht.

Karim wusste nicht, was er ihm antworten sollte und blickte zu den versammelten Biestern hinab. Sie führten eine regelrechte Kommandoaktion durch: Die Ratten standen im Halbkreis um den Brunnen und schützten ihre Artgenossen, die jeweils zu zweit oder zu dritt eifrig an den Seilen nagten, mit denen *Bubble* fixiert war. Sie hatten sich gleichzeitig über alle Seile hergemacht, und sobald Karim sich ihnen näherte, gingen die Verteidiger in Angriffsposition.

»Karim!«, rief jemand.

Fünf Parkwächter, darunter sein Chef mit einem Megaphon in der Hand, kamen im Laufschritt auf ihn zugeeilt. Sie blieben atemlos vor dem Schauspiel stehen.

»Was ist das für ein Mist?«, fragte der Wachleiter fassungslos.

»Sie fressen die Seile«, sagte Karim mit schwacher Stimme. »Alle Seile«, fügte er hinzu.

In dem Moment riss einer der dicken, stahlverkleideten Stricke, gleich darauf folgte ein weiterer – eine Ratte wurde sogar in die Luft geschleudert.

»Aber … aber …«, stammelte der Wachleiter, »sie werden das Ding losbinden, hast du gesehen, wie groß es ist? Ganz abgesehen davon, dass Wind aufkommt … Franck«, rief er und drehte sich zu einem der Parkwächter um, »rufen Sie die Feuerwehr, schnell!« In den fünfundzwanzig Jahren in diesem Park hatte der Wachleiter noch nie so schnell denken müssen. »Wir evakuieren den Park über den Ostausgang, und zwar schnell!« verkündete er, während ein drittes Seil mit einem Peitschenknall in die Luft schnellte. Er nahm sein Megaphon und rief: »Der Park wird geräumt! *Everybody out of the garden!*« Dann wandte er sich an Karim. »Wie sagt man Osten auf Englisch?«

»*East*, aber sagen Sie lieber *This way* und zeigen Sie auf den Louvre.«

»*This way!*«, rief der Chef in seinen Schalltrichter, *»to the museum!«*

Dann betätigte er die Sirene des Megaphons. Fast gleichzeitig gaben drei Seile nach, und *Bubble* begann zu schwanken. Die Touristen sammelten sich mit einigem Abstand zum Bassin, schienen aber, fasziniert von dem, was geschah, nicht bereit, den Park zu verlassen.

»Wo bleibt nur die Feuerwehr, gottverdammt!«, knurrte der Wachleiter, als zwei weitere Seile rissen und eine Ratte vor seine Füße schleuderten, woraufhin er zurücksprang.

Der Nager rappelte sich hoch und lief rasch zu seinen Artgenossen zurück.

»Wieviel wiegt das Ding?«, fragte er mit dünner Stimme.

»Keine Ahnung«, antwortete Karim.

In dem Augenblick gaben die letzten Seile nach, und *Bubble* löste sich. Im Park ertönte lautes Geschrei, als sich die Skulptur langsam vom Boden hob.

Eine eindeutige Erklärung für diesen Vorfall wurde nie gefunden. Erst ein paar Wochen später stellten Rattenspezialisten folgende Hypothese auf: Da das Kunstwerk das Bassin bedeckte – die Hauptwasserquelle der Ratten im Park –, hatten diese beschlossen, das Hindernis loszuwerden, das sie dursten ließ: *Bubble.* Für die Spezialisten war das ein Beweis für die außergewöhnliche Intelligenz ihrer Schützlinge.

Anmutig schwebte *Bubble* nun zehn Meter über dem Boden. Die Touristen hatten ihre iPhones hervorgeholt, um das Bild zu verewigen, ihre ausgestreckten

Arme zeigten auf das Kunstwerk, als handelte es sich um eine althergebrachte und wiederentdeckte Geste der Ergebenheit. So schnell wie sie aufgetaucht waren, waren die Ratten wieder in ihre Schlupflöcher verschwunden. Im Park herrschte nun eine merkwürdige Stille, der Wind ließ *Bubbles* Kautschukhaut leicht erzittern, wodurch die Skulptur lebendig wirkte. *Bubble* trieb langsam zur Gitterumzäunung des Parks, in Richtung der Place de la Concorde. Die Nasen zum Himmel gerichtet, gingen die Touristen langsam hinterher, als ob sie einem geheimnisvollen Gott in Gestalt eines riesigen Gehirns folgten. Manche, die den Arm weiter ausgestreckt hielten, nahmen wohl Videos mit ihren Handys auf – die Geste verlieh ihnen einen verstörten Blick und einen schlafwandlerischen Gang. Als *Bubble* über den Platz schwebte, gewann es an Höhe. Es befand sich nun fünfundzwanzig Meter über dem Boden – genau über dem Obelisken. Die Autos auf dem Platz bremsten mit quietschenden Reifen, Blech schepperte, und Beschimpfungen wurden hörbar. Der Fahrer eines Motorrollers klaubte hinkend sein Fahrzeug von der Straße. Die Wagen stoppten einer nach dem anderen, die Fahrer stiegen aus und schirmten mit der Hand ihre Augen ab.

Bald war der ganze Platz verstopft, von den Champs-Élysées her ertönte ein Hupkonzert, das kurz darauf abebbte – auch dort stiegen die Leute aus ihren Autos und starrten erstaunt nach oben, wenn sie nicht ihr Telefon in die Luft reckten: in einer Art kollektivem Reflex stellte jeder, der *Bubble* erblickte, jegliche Tätigkeit ein, schaute zu ihm hoch und reckte den Arm empor.

Die Skulptur schien zwischen den warmen und kalten Winden zu zögern, als kurz die Sirene der Feuerwehr aufjaulte, zum Zeichen, dass der Einsatzwagen am Tor angelangt war. Mehrere Männer in Ausrüstung sprangen heraus und liefen zu den Parkwächtern, ohne das riesige Gehirn über dem Platz aus den Augen zu lassen.

»Guten Tag, meine Herren«, ergriff der Einsatzleiter das Wort, »kann mir jemand erklären, um was es sich hier handelt?«, fuhr er fort, während er mit dem Kinn zur Spitze des Obelisken deutete.

»Das ist *Bubble*«, antwortete Karim. »Es hing über dem Bassin, jetzt ist es dort …«

»Gut, und wie ist es dahin gekommen?«

»Die Ratten des Parks haben es losgebunden.«

Der Mann nickte. »Die Ratten … Das erklären Sie mir ein anderes Mal. Nun: Warum schwebt es?«

»Ich glaube, es ist mit Helium gefüllt.«

»Das wird ja immer besser«, sagte der Feuerwehrmann. »Wie groß ist das Objekt genau?«

»So groß wie das Wasserbecken, sechzig Meter.«

»In Ordnung. Wir rufen die Flugsicherung«, schloss der Einsatzleiter und ging zu seinen Männern.

Bubble schwebte nun über vierzig Meter über der Erde. Karim drehte sich zum Park um: Vor der Umzäunung hatten sich Kameramänner und Reporter eingefunden, die mit dem Mikro in der Hand Augenzeugen befragten. Ständig trafen weitere Ü-Wagen und Motorroller ein. Die Touristen und Fußgänger, die das Geschehen gefilmt oder fotografiert hatten, waren bereits dabei, ihre Bilder in den sozialen Netzwerken hochzuladen, und die Nachrichtenkanäle unterbrachen ihr Programm, um live zu übertragen, was an der Place de la Concorde geschah.

Stan Lepelle befand sich in seinem Atelier in Yvelines und entschied gerade, sich eine Pause von seinem polyedrischen Fußball, an dem er gerade arbeitete, zu gönnen, schaltete den Fernseher ein und holte sich einen Karottensaft. Als er vor den Bildschirm zurückkehrte, blickte er in sein eigenes Gesicht – auf dem offiziellen Foto, das ihn mit der gerunzelten Stirn eines Künstlers zeigte, den die großen Fragen seiner Zeit umtreiben. Dann verschwand sein Bild und machte Platz für *Bubble* am Himmel von Paris, ein Helikopter eskortierte das Gehirn in Richtung Eiffelturm. Das Glas mit dem Karottensaft glitt Lepelle aus der Hand und zersprang auf den Tonplatten.

Bubbles Ruhm

Der Helikopter EC145 folgte *Bubble* zwanzig Minuten lang, bevor man entschied, dass sich die Skulptur nicht aufstechen ließ, ohne den Hubschrauber und seine Besatzung in Gefahr zu bringen. Diese hatte erstaunliche Bilder von dem über die Stadt gleitenden Gehirn eingefangen. Sie waren auf allen Fernsehkanälen zu sehen und sofort im Netz geteilt worden. Die ausländischen Fernsehsender hatten sich auf das sonderbare Ereignis regelrecht gestürzt. Nachrichtensender von CNN bis NHK sendeten die surrealistischen Bilder eines gigantischen Gehirns über der französischen Hauptstadt in Dauerschleife. Die Kollision mit dem Eiffelturm, die eine Zeitlang befürchtet worden war, blieb aus, *Bubble* war so klug gewesen, weiter nach oben zu steigen, als ob es versuchte, seinem Verfolger zu entkommen – oder ihn herauszufordern. Als es sechshundert Meter über der Erde flog, kehrte der Helikopter um, und die Verantwortlichen trafen die sehr französische Entscheidung, einfach gar nichts zu tun.

Solange sich *Bubble* noch im Flugbereich der Lang- und Kurzstreckenflieger befand, sahen sie keine andere Möglichkeit, als über der Region von Paris eine Flugverbotszone einzurichten und darauf zu warten, dass das Kunstwerk höher stieg. Denn *Bubble* nahm an Höhe und Geschwindigkeit auf. Auch wenn seine aerodynamische Form im Vergleich zu Heißluftballons völlig atypisch war, konnte man davon ausgehen, so sagte es Michel Chevalet auf i-Télé – der den Franzosen seit vierzig Jahren auf sympathische Weise wissenschaftliche Fragen erklärte –, dass *Bubble* tatsächlich zu »einer Art Wetterballon« geworden war, wie der, den man 2013 aus Japan losgeschickt hatte und der ebenfalls sechzig Meter Durchmesser gehabt hatte. Der japanische Ballon hielt bisher den Höhenrekord für einen unbemannten Flug einer aufblasbaren Struktur und hatte die Mesosphäre erreicht, 53,7 Kilometer über der Erdoberfläche. Andere Wissenschaftler äußerten den Einwand, dass die Haut des Ballons anders als die von *Bubble* unglaubliche 0,003 mm dünn gewesen sei. »Sicher«, entgegnete Michel Chevalet aufgeregt, »aber *Bubble* besteht aus einem Gummimaterial, das noch nie in der Atmosphäre getestet worden ist, dem BN657, einer Art genetisch verändertem Kautschuk, wenn Sie mir diese verkürzte Erklärung verzeihen, und deshalb weiß niemand, wie es reagieren wird, es steigt langsamer, aber könnte durchaus genauso hoch steigen, vielleicht sogar viel höher!« Anschließend hatte Michel Chevalet erklärt, wie die Thermosphäre auf *Bubble* wirken und was in der Ionosphäre geschehen werde: *Bubble* würde aufgebläht, sich zu einer perfekten Kugel formen und unausweichlich explodieren.

Stan Lepelle war wie gebannt. Auf Google waren die

Suchtreffer zu seinem Namen auf zwei Millionen gestiegen, und die Bilder seiner Werke waren alle durch die des riesigen Gehirns in den Lüften ersetzt worden. Endlich erhielt er die Anerkennung und die Berühmtheit, die er sich schon immer gewünscht hatte. Sein Galerist rief an, völlig aufgekratzt. Er nannte nicht einmal seinen Namen, sondern überschüttete ihn sofort mit Superlativen: »Das ist phantastisch, das ist außerordentlich, man könnte es für eine Prophezeiung halten, ich bekomme jede Menge Mails aus der ganzen Welt, das Telefon in der Galerie steht nicht still, alle wollen dich! Ich werde von den Katarern das Doppelte verlangen«, fügte er hinzu. »Es steigt, es steigt, es steigt so schnell wie dein Marktwert, Stan, das ist magisch.«

»Ja, es ist eine Prophezeiung«, sagte Lepelle schlicht.

»Alle wollen Interviews mit dir, ich habe ihnen deine Adresse gegeben, sie kommen für Liveaufnahmen vorbei, kümmere dich gut um sie. Ich ruf dich zurück, es klingelt.«

Der Galerist legte auf. Lepelle hatte ihn nicht einmal darauf hingewiesen, dass er sein Einverständnis hätte einholen können, bevor er seine Privatadresse an Journalisten weitergab. All das war kaum noch von Bedeutung. Er war völlig gelassen, nur Heilige empfanden vielleicht dieses sonderbare Wohlgefühl zwischen Gelöstheit und Freude. Ivana war verschwunden, nachdem er die Stollen-Skulptur und einen Teil seiner Farbtöpfe mit der Eisenstange zerschlagen hatte. Als er nach oben gegangen war, war sie nicht mehr in ihrem Zimmer gewesen. Er hatte nicht versucht, sie auf ihrem

Handy anzurufen – sie hatte ihre Sachen gepackt, das war eindeutig. Nun schien ihm die Erinnerung an die schöne Russin schon ganz weit weg. Lepelle trat in den Flur, der zu dem Raum mit den Vinylplatten führte. Aus dem Wohnzimmer drangen die Nachrichten zu ihm, die sich nun der französischen und internationalen Politik widmeten, allerdings versprach der Moderator, dass das Ende der Sendung sich wieder *Bubble* widmen würde, das noch höher in der Luft schwebte – eine Prise Träume und Magie in dieser Welt am Rande des Abgrunds, eine Prise Träume und Magie, die ihm zu verdanken war. Ihm, Stan Lepelle, »dem berühmten zeitgenössischen Künstler Frankreichs«, wie er nun genannt wurde.

Er stieß die Tür auf. Das Parkett und die Regale waren sonnenüberflutet. Lepelle ging langsam durch den Raum, fuhr mit den Fingerspitzen über die Schieferboxen, umrundete dann das Schlagzeug und berührte das kalte, goldfarbene Metall der Becken – er stupste sie leicht an und brachte sie zum Schwingen, dann trat er an das Fach mit den Songs und Alben, an denen er mitgearbeitet hatte. In einem anderen Leben. Der Ausdruck »anderes Leben« erschien ihm plötzlich so klar wie noch nie, fast meinte er die Worte vor sich zu sehen, sie schwebten im Raum und prallten sachte von den Wänden ab. Die Wörter »anderes« und »Leben«. Er nahm die Sticks, die auf dem Hocker des Schlagzeugs lagen, betrachtete sie und presste sie dann aneinander, legte sie über sein Knie und zerbrach sie mit einem trockenen Knacken. Er legte sie neben das Schlagzeug und ging zur Tür, schloss hinter sich ab und ging schweigend zum Fenster seiner Wohnküche. Er öffnete die zwei Flügel, fühlte den kühlen Wind auf seinem Gesicht, schloss die Augen und warf den Schlüssel so weit in den Garten wie er nur konnte, er hörte ihn nicht einmal aufschlagen, er war irgendwo im Gras oder in einem Beet gelandet, er würde ihn nie wieder finden, der Regen würde ihn in die Erde drücken, wo er verrosten und sich schließlich zersetzen würde. Der Raum mit den Schallplatten würde für immer verschlossen bleiben.

Seine Gedanken wurden von der Klingel am Tor unterbrochen, er durchschritt das Wohnzimmer und trat an die Fensterfront. Vor seinem Haus parkten Autos und Motorroller mit um die zwanzig Reportern und Kameramännern. Ein Laster mit einer Satellitenschüssel auf dem Dach wurde durch die Straße manövriert. Er drückte auf den Knopf der Sprechanlage. »Kommen Sie rein«, sagte er und öffnete mit einem Knopfdruck das Tor.

Im Laufe des Tages tauchten alle Fernsehsender der Welt bei Lepelle auf. Die Reporter hatten Order, den Künstler nicht aus den Augen zu lassen: Solange *Bubble* weiter Höhenrekorde aufstellte, mussten sie bei seinem Erschaffer bleiben, um schnell von ihm einen Kommentar zu bekommen. Die Neuankömmlinge stellten ihre Ausrüstung im Wohnzimmer ab und kümmerten sich um ihre Verbindungskabel oder Videoschaltungen, wenn sie nicht gerade in die Küche gingen, um sich ein Glas Fruchtsaft zu holen. Im Wohnzimmer wurden alle möglichen Sprachen gesprochen, und im Erdgeschoss war ein vollständiges Filmset um einen einzigen Mann aufgebaut: Stan Lepelle. Die Japaner sprachen ihn zurückhaltend und äußerst respektvoll an, während die Korrespondenten von CNN ihm auf die Schulter klopften und ihn beglückwünschten, als hätte er einen Sportwettkampf gewonnen.

Nachdem *Bubble* den Höhenrekord von Felix Baumgartner gebrochen hatte, dem Fallschirmspringer, der sich aus seiner Druckkapsel neununddreißig Kilometer in die Tiefe gestürzt hatte, begann die Firma, die den Kautschuk BN657 herstellte, Meldungen zu der überraschenden Widerstandskraft des Materials *Made in France* und zu ihrem Börsenindex, der gerade um 32 Prozent zugelegt hatte, ins Netz zu stellen. In vierundfünfzig Kilometer Höhe schlug *Bubble* den von Japan gehaltenen Rekord für einen unbemannten Ballonflug, die Mitarbeiter von NHK nickten Lapelle todernst zu. Bei achtzig Kilometer Höhe triumphierte Michel Chevalet: Die Ionosphäre war überwunden. Ihm zufolge war die Kármán-Linie für *Bubble* nun in Reichweite.

»Was ist denn die Kármán-Linie, Michel?«, fragte ihn der Fernsehmoderator.

»Die Kármán-Linie befindet sich 328 084 Fuß über dem Meeresspiegel, also etwa 100 Kilometer, auf dieser Höhe verschwindet der Druck der Atmosphäre. Um es einfacher zu sagen: Sie ist die Grenze zwischen uns und dem Weltraum. Wenn *Bubble* diese Linie überschreitet, befindet es sich im Weltall.«

Gerade hatte Lepelle dem koreanischen Fernsehen ein Kurzinterview gegeben, da klingelte sein Telefon.

»Er kauft es!«, schrie sein Galerist in den Hörer, »François Pinault hat *Bubble* gekauft.«

Lepelle ließ sich auf einen der wenigen freien Stühle im Wohnzimmer fallen.

»Die Agenturmeldung der AFP ist gerade raus«, fuhr der Galerist fort, »ich lese sie dir vor: ›François Pinault, der Milliardär und Sammler von zeitgenössischer Kunst, hat die ephemere Skulptur *Bubble* für eine unbekannte Summe gekauft.‹ Soll ich dir die Summe nennen?«, krächzte der Galerist.

»Später«, antwortete Lepelle.

Und er legte auf.

Als *Bubble* die Kármán-Linie überschritt, verkündete der Hersteller von BN657 eine Wertsteigerung seiner Aktien um 620 Prozent. Die Anwendungsbereiche für den künstlichen Kautschuk, aus dem das Kunstwerk bestand, waren zahlreich, sowohl im zivilen wie im militärischen Bereich. Die Bilder auf den Fernsehkanälen wurden nun von der Internationalen Raumstation ISS produziert, deren Teleskop *Bubble* über dem gewölbten Horizont des Erdballs einfing.

»Das ist der schönste Tag meiner beruflichen Laufbahn«, stieß der Galerist erstickt aus, als er bei Lepelle in Yvelines eintraf, »wir nehmen uns die Fotos von der ISS vor, erstellen limitierte Abzüge in Kooperation mit der Pinault Stiftung, du wirst sie signieren … Das ist phantastisch«, sagte er, beinahe schluchzend, und fiel Lepelle um den Hals.

Lepelle ging in die Kunstgeschichte ein, überholte

Warhol, übertraf Jeff Koons. Einen kurzen euphorischen Augenblick lang kam es ihm sogar so vor, als reiche er an Leonardo da Vinci heran.

In der Rue de Moscou

Wenn er seine Wette gewinnt, die im Übrigen nie eine war, wäre das eine nie zuvor gesehene Sensation in der Astronomie, in der Kunst und in der Wissenschaft zugleich, Stan Lepelle ist bei uns. Stan Lepelle, herzlich Willkommen ...«

»Guten Tag«, entgegnete Lepelle lächelnd.

»Wir befinden uns in der Wohnung über ihrem Atelier in Yvelines ...«

Er hatte nichts mehr von dem engagierten Intellektuellen mit der gerunzelten Stirn an sich, sondern schien sein jugendliches Lächeln wiedergefunden zu haben, das den Schlagzeugspieler der Hologrammes so sympathisch gemacht hatte.

»Alle Augen sind auf Frankreich gerichtet!«, sagte der Reporter, der sonst eher über Sport zu berichten schien. »Ich glaube, wir haben nun die neuesten Bilder der ISS vorliegen«, fuhr er fort, während auf dem Bildschirm ein Film von seltener Schönheit zeigte, wie das Gehirn über dem Planeten schwebte.

»Aber vor allem haben wir eine Überraschung für Sie, Stan Lepelle, exklusiv auf BFM-TV: Wir sind live mit den Kosmonauten der ISS verbunden«, verkündete der Reporter stolz. »ISS, können Sie uns hören?«, sagte er und drückte auf seinen Ohrstöpsel. *»Do you receive us? This is French television …«*

Alain stellte den Ton aus. Ein ganzer Tag mit Hausbesuchen, wie er ihn einmal pro Woche absolvierte, lag hinter ihm. In mehreren Wohnungen hatte ein Fernseher im Zimmer des Patienten gestanden – so hatte auch er, zum Nachteil der Kranken, *Bubbles* Abenteuer auf dem Weg ins Weltall verfolgt. Alain war einer der letzten Hausärzte, die noch Patientenbesuche machten. Heutzutage wollte niemand mehr Arzt werden, und noch weniger Hausarzt. Das Ärzteblatt hatte letztens eine aufschlussreiche Studie über die »medizinische Wüste Frankreichs« veröffentlicht: Die älteren Ärzte gingen in Rente, und es war niemand da, um sie zu ersetzen. Bürgermeister von Kommunen mit drei- oder viertausend Einwohnern setzten Himmel und Hölle in Bewegung, um junge Ärzte anzulocken. Die Studie schloss mit dem Beispiel einer rumänischen Ärztin, deren Ankunft die Einwohner eines Landkreises in Lozère ungeduldig erwarteten. Doch damit entstanden neue Probleme, wegen Ärztemangels musste Rumänien seinerseits ukrainische oder litauische Mediziner anheuern.

In der Wohnung war es still. Véronique war am Morgen zu einer Messe für Inneneinrichtung an der Porte de Versailles gefahren und hatte ihm mitgeteilt, dass sie vor dem Abendessen nicht zurück sein würde. Nachdem er sich einen Kaffee gemacht hatte, widmete sich Alain der Post, die Madame Da Silva auf den Treppenabsatz gelegt hatte. Zwischen Rechnungen und Werbung stieß er auf einen Umschlag mit handgeschriebener Adresse. Er wollte ihn gerade öffnen, als es klingelte. Alain stand auf und ging zur Tür.

»Wer ist da?«, fragte er durch die Tür.

»Ivana«, antwortete eine Frauenstimme.

»Ivana …«, murmelte Alain und öffnete.

»Ich weiß nicht, ob du dich an mich erinnerst?« Einen Rollkoffer neben sich, stand sie vor ihm auf dem Treppenabsatz.

»Doch, ich erinnere mich … Sie sind schwerlich zu vergessen«, fügte er hinzu und dachte, dass die junge Frau, die er nur liegend gesehen hatte, ihn im aufrechten Zustand um fast einen Kopf überragte.

»Ich habe etwas für dich. Ich kann reinkommen?«

»Ja, natürlich«, sagte Alain und trat zur Seite. »Hier entlang.« Er deutete auf den Warteraum, der als Wohnzimmer diente, sobald sein Arbeitstag beendet war.

Ivana ging voran, ihren Koffer hinter sich herziehend.

»Sie verreisen?«

»Ja, nachher geht mein Flieger, ich fahre nach Russland zurück, danach vielleicht nach Kalifornien, ich habe Freunde dort. Du schaust auch das?«, sagte sie und zeigte auf den Fernseher, der Bilder von *Bubble* im Weltall zeigte. »Das ist gut, er wird zufrieden sein, alle sprechen über ihn, das ist, was er wollte.«

»Sie wohnen nicht mehr bei ihm?«

»Nein, ich habe ihn verlassen«, sagte sie und zog ihre Lederjacke aus.

»Das tut mir leid«, sagte Alain automatisch.

»Nein!«, rief Ivana aus und setzte sich eigenmächtig aufs Sofa. »Es ist gut so. Viel besser. Klarer. Hast du Whisky?«, fragte sie nach einer Pause.

Alain nickte.

»Schenk mir einen Whisky ein. Lepelle trinkt keinen Alkohol, bei ihm gibt es nur Gemüsesaft, Bio-Karotten, Artischocken, Algen … Ich hab genug davon.«

»Eis? Wasser?«, bot Alain vom Esszimmer aus an.

»Kein Wasser, kein Eis!«, antwortete Ivana.

Alain kam mit einer Flasche Bowmore und zwei Gläsern ins Wohnzimmer zurück. Er zog seinen Sessel näher zum Sofa.

»Stopp«, sagte sie, nachdem er ihr ein wenig eingegossen hatte.

Die Menge schien ihm passend, er schenkte sich genauso viel ein. »Prost, also …«, sagte er dann, von der Gegenwart der schönen Russin in seinem Wohnzimmer ein wenig verunsichert.

Sie stießen an und tranken jeder einen Schluck.

»Bist du ganz allein hier?«

»Ja, es ist mein Hausbesuchstag, meine Sprechstundenhilfe ist heute nicht hier.«

»Du hast keine Frau?«

»Doch«, lächelte Alain, »ich habe eine Frau. Sie ist auf einer Messe an der Porte de Versailles. Nun, glaube ich zumindest …«, fügte er hinzu, seinen Whisky schwenkend.

»Glaubst du oder weißt du?«

Alain lächelte erschöpft, dann schaute er Ivana in die Augen: »Meine Frau betrügt mich. Also weiß ich nie so genau, wo sie ist.« Alain war von seiner Ehrlichkeit selbst überrascht, dachte dann, dass man Fremden, die man nie wiedersehen würde, manchmal die intimsten Dinge verriet – gerade weil sie Fremde waren und man sie nie wiedersehen würde.

»Das ist nicht gut«, sagte Ivana in strengem Tonfall, der ihn überraschte.

»Nein, das ist nicht gut«, stimmte Alain zu. Er nahm einen Schluck Whisky. »Vor nicht langer Zeit habe ich sie gefragt, ob sie mich betrügt, ich habe tatsächlich gehofft, dass sie nein sagt. Und sie hat nein gesagt. Aber ich wusste, dass sie log, also war ich ein wenig wütend auf sie, weil sie nicht ja gesagt hat. Das Leben zu zweit ist kompliziert … Ich sollte sie verlassen, aber ich kann es nicht, wir sind schon so lange ein Paar.«

»Schhh«, sagte Ivana und legte ihren Finger auf Alains Lippen. »Deine Frau ist nicht da, ich auch bin nicht mehr lange da.« Dann strich sie mit ihren Fingern über Alains Wange und durch sein Haar.

»Was tust du?«, fragte er atemlos.

»Ich bin gekommen, um deine Lieder zu bringen, die Lieder von deiner Band. Lepelle hat alles behalten. Ich habe sie auf einen USB-Stick für dich geladen.«

»Die Lieder …«, murmelte Alain, und er wusste nicht mehr, ob das plötzliche Wiederauftauchen der Songs oder Ivanas Hand, die nun zum obersten Knopf an seinem Hemd wanderte, für das Schwindelgefühl verantwortlich war. »Wer bist du?«, fragte Alain. »Bist du ein Model? So etwas in der Art?«

»Schhh, du redest zu viel. Rede nicht mehr«, sagte

sie und rückte näher, um leichter den zweiten und dann den dritten Knopf an seinem Hemd öffnen zu können. »Die Leute sagen, das Leben ist kurz«, flüsterte sie in sein Ohr, »mein Großvater sagt, das Leben ist lang und langweilig. Verstehst du? … Verstehst du?«, wiederholte sie ernst, während sie ihn anschaute.

Alain war sich nicht sicher, ob er noch verstand, aber Ivanas Hände, die sein Hemd vollständig aufgeknöpft hatten, schienen zu sagen, weil das Leben lang und langweilig wie ein grauer Himmel sei, müsse man die sonnigen Momente ausnutzen. Ivana zog ihre Stiefel und ihre Socken aus, erhob sich, legte ihren Rock und ihr Jeanshemd ab. Alain ließ sie nicht aus den Augen, als sie mit einer flüchtigen Geste hinter sich griff und ihren BH öffnete. Nun stand sie schweigend vor ihm, und Alain streckte die Hand nach diesem makellosen Körper aus, als ob er sich überzeugen müsste, dass Ivana, nur mit einer winzigen weißen Unterhose bekleidet, wirklich in seinem Wartezimmer stand und keine aus seinem Geist entstandene Vision war. Ihre Haut war unendlich weich, genau wie die Rundung ihrer Brüste und der flache, warme Bauch. Sie legte sich aufs Sofa und schwang ihre nackten Füße auf die Armlehne. Alain fragte sich, wie viele Leute auf diesem Sofa gesessen hatten, Tausende bestimmt, er hatte es neu beziehen lassen, aber das Möbelstück stammte noch aus Zeiten seines Vaters.

»Komm«, sagte sie, und er legte sich so vorsichtig zu ihr, wie man sich prächtigen Wildkatzen nähert.

Der erste Kuss war sanft, die folgenden dann drängender, gieriger, und für einen Augenblick hatte er das

Gefühl, Bérangère an der Gare de Lyon zu küssen. Noch besser: als vereinte Ivana alle Bérangères jeder verlorenen Jugend überhaupt. Die Jahre waren ausgelöscht, die Vergangenheit schwebte, die Gegenwart war real, und es gab keine Zukunft. Nichts existierte mehr außer ihren beiden Körpern, die sich auf dem Sofa miteinander vertraut machten, Körper, die sich dann erhoben und ins Schlafzimmer bewegten, um sich auf dem Bett auszustrecken und mit den wilden Küssen und den immer präziser werdenden Liebkosungen fortzufahren. Nichts existierte mehr außer diesem Mädchen, das sich hingab, ohne etwas zu erwarten, nichts mehr war von Bedeutung außer der Tatsache, lebendig zu sein, erstaunlich lebendig, irgendwo in Westeuropa Anfang des 21. Jahrhunderts.

Während Ivanas Körper im halbdunklen Zimmer bebte, begleitet von einem leisen Stöhnen, das zum Himmel stieg, zu den Wolken, Vögeln und Flugzeugen, ins unendliche Weltall, implodierte *Bubble* unter dem kosmischen Druck, der ihn in der vergangenen Stunde zu einer fast perfekten Kugel aufgeblasen hatte. Seine Einzelteile lösten sich auf, fielen zur Erde zurück und zeichneten flüchtig einen Lichtstreif in den Himmel, eine Sternschnuppe.

Ein Brief (2)

Ivana war gegangen. Auch wenn sie diejenige war, die einen Langstreckenflug nach Russland antrat, so war es Alain, der sich fühlte, als hätte er einen Jetlag, als wäre seine innere Uhr zu nah an eine Strahlungsquelle geraten, die deren Mechanik durcheinander gebracht hatte.

»Nimm mich mit nach Russland«, er erinnerte sich gut daran, dass er das gesagt hatte, während er Ivana umschlungen hielt. In der Wohnung war es still gewesen, und nur ein einzelner Lichtstrahl war zwischen den Vorhängen ins Zimmer gefallen. Noch nie hatte er einen so unvernünftigen Satz ausgesprochen, noch nie war er so ehrlich gewesen.

»Du bist verrückt«, hatte Ivana sanft geantwortet.

»Ich könnte die Leute dort behandeln ... Das ist mein Beruf. Gibt es einen Arzt in deinem Dorf?«, hatte Alain es versucht.

»Du bist verrückt«, hatte Ivana wiederholt.

Als sie fort war, trank Alain im Wartezimmer seinen Whisky und den von Ivana aus. Dann stand er auf, nahm die Flasche und die zwei Gläser, stellte die Flasche in den Spirituosenschrank zurück, wusch die Gläser im Spülbecken aus, trocknete sie ab und räumte sie weg. Im Schlafzimmer öffnete er weit das Fenster, zog die Kissenbezüge ab, dann die Bettlaken, legte alles in der Mitte des Raums ab und suchte auf allen vieren die Matratze nach langen, hellbraunen Haaren ab – er fand keins. Er ging in die Küche zurück, stopfte die Bettwäsche in die Waschmaschine, schüttete Waschpulver in das vorgesehene Fach und startete ein Programm, das ihm passend erschien. Véronique würde sich über diesen Einfall vielleicht wundern, aber nicht weiter darüber nachdenken. Auf den Gedanken, dass eine junge, in Sibirien geborene Frau von vielleicht fünfundzwanzig Jahren sich vorhin im Wohnzimmer ausgezogen und Alain ins Schlafzimmer gezogen hatte, um Sex mit ihm zu haben, bevor sie in ein Flugzeug nach Moskau stieg, würde sie nie im Leben kommen. Bis zu ihrer Rückkehr hätte er vielleicht sogar genug Zeit, sich ein idiotisches Vorkommnis auszudenken, das den Charme des Zusammenlebens ausmachte: eine aus Versehen auf dem Bett umgekippte Tasse Kaffee, seine Arzttasche, die er daraufgestellt und deren Unterseite das Laken beschmutzt hatte … Im Badezimmerschrank fand Alain saubere Bettwäsche. Er machte das Bett und betrachtete das Ergebnis. Von Ivanas Besuch war nichts zurückgeblieben; alle Spuren, selbst ihre DNA, waren verschwunden. Alain schloss das Schlafzimmerfenster, dann ging er unter die Dusche. Er zog saubere Kleidung an und setzte sich wieder ins Wartezimmer. Im Hintergrund rumpelte die Waschmaschine, da fiel sein Blick auf die Post, die immer noch auf dem Sofatisch lag. Er hatte gerade einen Brief öffnen wollen, als Ivana geklingelt hatte, und es schien ihm, als sei seitdem eine Woche vergangen. Alain riss den Umschlag mit seinem handgeschriebenen Namen auf und begann zu lesen.

Claude Kalan
Voie communale Le Vallat
43450 Blesle
Auvergne

Lieber Herr Massoulier,

ich habe Ihren Brief mit der Kopie des Schreibens von Polydor, den sie mir über meine ehemalige Plattenfirma haben zukommen lassen, erhalten.
Was Sie mir schreiben, berührt mich zutiefst, und ich verstehe, welche Überraschung diese verspätete Antwort von Polydor dreiunddreißig Jahre nach dem Versand Ihres Demotapes für Sie sein musste. Sie sagen, dass Sie Ihre alten Bandkollegen suchen, in der Hoffnung, ein Exemplar dieser Kassette zu finden, ich weiß nicht, ob Sie sie wiederfinden werden, ich weiß auch nicht, ob es das wert ist, denn ich muss Ihnen gestehen: Ich habe Ihnen vor dreiunddreißig Jahren nicht geschrieben.

Dieser Satz, dessen bin ich mir bewusst, verdient eine Erklärung. Hier ist sie: Im September 1983 hatte ich bei Polydor eine Assistentin mit dem Namen Sabine, die für die Schreiben zuständig war … Wir hatten eine Meinungsverschiedenheit. Ihnen gegenüber kann ich ehrlich sein, es ist ohnehin verjährt: Ich hatte ein Verhältnis mit der jungen Frau, ein Verhältnis, das ich beenden musste. Ich war gezwungen, mich von Sabine zu trennen. Sie schien es zu akzeptieren, es gut aufzunehmen, wie man sagt, aber in Wahrheit hat sie es nicht gut aufgenommen, überhaupt nicht gut. An ihrem letzten Tag bei Polydor hat sie die Post vertauscht, aus Rache. An alle, die uns vor dem Sommer Demotapes geschickt hatten und denen wir mit einer Standardabsage antworten wollten, hat sie ein positives Schreiben geschickt, mit der Bitte, rasch wegen eines Termins auf uns zuzukommen. Als Sabine fort war, hörte das Telefon nicht auf zu klingeln. Hunderten Personen musste ich erklären, dass der Brief, den sie erhalten hatten, ein verwaltungstechnischer Fehler war. Dass ihre Stücke uns nicht interessierten. Sie können sich die Situation vorstellen. Manche glaubten mir nicht, tauchten bei Polydor auf und wurden beinahe gewalttätig. So ging es über drei Wochen, dann ließ es langsam nach, und ich habe nie wieder etwas von dieser verdammten Plage Sabine gehört. Heute, dreiunddreißig Jahre später, gebe ich zu, dass ich es ein wenig verdient hatte, aber, glauben Sie mir, den September im Jahr 1983 werde ich nie vergessen.
Unten auf der Seite erkenne ich meine eindeutig von

Sabine gefälschte Unterschrift. Ich bin mir auch deswegen sicher, dass der Brief von ihr stammt, weil sie stets diese türkisfarbene Tinte benutzt hat und weil in jenem Herbst 1983 nur zwei Bands und ein Sänger unsere Aufmerksamkeit erregt haben. Diese drei hatten Absageschreiben erhalten, aber ich habe sie später zu uns eingeladen. Ihre Band, die Hologrammes, war nicht dabei.
Es tut mir leid, dass ich Ihnen diese wohl enttäuschenden Zeilen schreiben muss. Wenn es Sie beruhigt, die beiden Bands haben keine Karriere gemacht, auch der Sänger nicht. Vielleicht hätten wir Ihre Gruppe auswählen sollen? Vielleicht waren Sie besser? Die Plattenindustrie ist ein Glücksspiel … Heute, mit dreiundsiebzig Jahren und aus dem Geschäft ausgestiegen, gestehe ich Ihnen, dass ich nicht sicher bin, immer die richtige Wahl getroffen zu haben.

Mit freundlichen Grüßen
Claude Kalan

Alain musste so lachen, dass sein ganzer Körper geschüttelt wurde. Das gleiche nervöse Lachen, das ihn im Büro des Postvorstehers erfasst hatte – heftiger als jemals zuvor. Wenn Gott existierte, kannte sein Sinn für Humor keine Grenzen. Sein Blick fiel auf den USB-Stick, den Ivana ihm überreicht hatte, er nahm ihn und betrachtete ihn. Von der Langspielplatte war man zur Kassette, von der Kassette zur CD übergegangen, und nun das: ein kleines rechteckiges Stück Plastik, das nicht einmal so groß wie ein Feuerzeug war. Ivana hatte die Songs gemocht und sie sogar auf ihren iPod geladen – das bewies, dass die Anfang der achtziger Jahre produzierten Stücke einer jungen Frau, die damals nicht einmal geboren war, gefallen konnten. Andererseits hatte Polydor ihre Aufnahme nie ausgewählt, es wäre keine Platte gepresst worden, kein Radiosender hätte die Hologrammes je gespielt, *We are made the same stuff dreams are made of* wäre nie in die Top 50 gekommen. Alain fragte sich, ob es wirklich nötig war, diese Kassette anzuhören, die nicht einmal mehr eine war. Vielleicht war es besser, wenn diese Lieder in seiner Erinnerung für immer mit dem sonnigen Nachmittag verbunden blieben, an dem sie die Aufnahme gemacht hatten und alle jung und enthusiastisch gewesen waren. Vielleicht war das die einzige Magie, der er in der letzten Zeit nachgejagt war?

Alain war hin- und hergerissen, als er den Schlüssel im Türschloss hörte.

»Ich bin es«, verkündete Véronique vom Flur aus.

Sie zog ihren Mantel aus, stellte ihre Tasche ab und kam ins Wohnzimmer. »Ich bin todmüde, aber es ist sehr gut gelaufen, ich habe auf der Messe ein paar wirklich gute Gespräche geführt. Und dein Tag?«

Alains Blick fiel auf das Sofa, er sah, wie Ivanas Körper sich dort abzeichnete, doch waren die Linien bereits verschwommen, alles löste sich auf.

»Ich?«, sagte er und sah zu seiner Frau hoch. »Nichts Besonderes, nur Hausbesuche.«

Epilog

Domitile hatte sich endgültig für eine PR-Strategie für JBM entschieden. Sie nannte sie »Auftauchen/Untertauchen«. Die *Paris Match* war den Zeitungsverkäufern aus den Händen gerissen worden. Das Foto am Bahnhof war »aufs Cover geswitcht worden«, wie es im Fachjargon hieß, dazu ein banaler Titel, der bei den Lesern gut ankam: Mit »JBM, Interview« hatte das Magazin seine Auflage um vierzig Prozent steigern können. Zahlreiche Redaktionen hatten bei Domitile wegen eines weiteren Interviews angefragt, doch JBM stand plötzlich nicht mehr zur Verfügung und verschwand für mehrere Wochen von der Bildfläche.

Trotzdem war JBM auf der Beliebtheitsskala unaufhaltsam nach oben geklettert. Dann mischte ein Artikel in *Le Monde* die Karten neu, was für die PR-Königin der Startschuss für ihre Kampagne bedeutete. Eine Blitzkampagne, die niemand würde eindämmen können. Der inzwischen berühmt gewordene Artikel von Alain Finkielkraut *Das Ende einer Ära* sagte den Untergang der Fünften Republik und des mit ihr seit 1958 verknüpften Gesellschaftsmodells voraus. Nur wenige Leute nahmen seine Analyse ernst, man fand, dass »Finkie« es dieses

Mal ein wenig zu weit getrieben hatte. Doch seine Prophezeiung sollte sich als richtig herausstellen, sodass sich der Artikel zu dem nicht weniger berühmten von Pierre Viansson-Ponté gesellte, *Wenn Frankreich sich langweilt*, der am 15. März 1968 in der gleichen Zeitung die Gründe aufgeführt hatte, die dann zu den Ereignissen im Mai 68 führen sollten. Im Abstand eines halben Jahrhunderts hatten zwei Denker, zwei Intellektuelle mit Vernunft und Verstand, Worte für die Welt gefunden, die sie vor ihrem Fenster sahen und mit ein wenig Vorsprung die Stimmung ihrer Zeit erfasst. Auch JBM hatte den Artikel des Philosophen gelesen und begann sich vermutlich nach seiner Lektüre einige Fragen über den Auftrag zu stellen, den Aurore, Blanche und Domitile ihm angetragen hatten.

Die Untersuchung zum Attentat im Zénith führte ins Leere, und Vaugan war nicht mehr in der Verfassung, France République politisch ins Spiel zu bringen. Während die Zeitungen von einer »langen Genesungszeit« für den Provokateur sprachen, der sich als »rechts von der Rechten« einstufte, war die Realität düsterer: Seitdem er im Krankenhaus erwacht war, gab Vaugan seinen Ärzten verwirrende Antworten. Er erklärte unter anderem, dass er seinen Eltern und seiner Schwester Bescheid geben und zur Arbeit müsse und dass man ihn hier nicht festhalten dürfe. Als man ihn nach seinem Beruf fragte, versicherte Vaugan, er sei Schreiner. Auch wenn er eine Ausbildung zum Schreiner absolviert und sie darüber hinaus mit Auszeichnung abgeschlossen hatte, waren doch seitdem dreißig Jahre vergangen. Als Vaugan auf die altbekannte Frage »Welches Jahr haben wir, Sébastien?« antwortete: »1985, warum?«, verordnete ihm sein Arzt viel Ruhe. Er befragte die jungen Männer und die Frau im Kampfanzug, die vor der Tür ihres Anführers abwechselnd Wache schoben, nach Vaugans Angehörigen, seiner Familie. »Wir sind seine Familie«, antwortete einer der jungen Männer. »Ihr seid seine Wahlfamilie, aber ich möchte seine Eltern, seine Frau, seine Kinder informieren«, hatte der Arzt vorsichtig argumentiert. Aber Vaugans Eltern waren seit langem verstorben, genau wie seine kleine Schwester, die vor mehr als zwanzig Jahren bei einem Schiffsunglück ums Leben gekommen war. Und Vaugan hatte weder Frau noch Freundin oder Geliebte. Eines Morgens musste der Arzt all seinen Mut zusammennehmen und seinem in Gips fixierten Patienten erklären, dass er deutlich älter als zwanzig war und dass nichts und niemand mehr aus der Welt, in der er zu leben glaubte, übrig war.

Beide Beine gelähmt, schlaff in einem Rollstuhl sitzend, den seine letzten treuen Anhänger schoben, gelang es Vaugan – auch wenn die Erinnerung an sein politisches Leben nur bruchstückhaft zurückkam –, das Puzzle der drei Jahrzehnte, die ihm abhandengekommen waren, neu zusammenzusetzen, und er zog daraus die seiner Einschätzung nach einzig richtige Schlussfolgerung: Man fand seinen leblosen Körper in seinem Büro im Black Billard. Die Autopsie ergab, dass er eine Zyanidkapsel genommen hatte, wie sie Soldaten der Spezialeinheiten im Zweiten Weltkrieg auf beiden

Seiten für den Fall besessen hatten, dass sie in die Hände des Feindes gerieten. Die Presse ließ es sich nicht nehmen, darauf hinzuweisen, dass Vaugan den gleichen Tod gewählt hatte wie Hermann Göring in Nürnberg. Dieser Akt der Verzweiflung, der einer gewissen Provokation nicht entbehrte, passte zu einem zweiten, der jedoch nirgends erwähnt wurde: Vaugan hinterließ bei seinem Notar ein Testament, in dem er sein reich gefülltes Bankkonto und das Gebäude des Black Billard der Tierschutzgesellschaft vermachte, weil er, wie ausdrücklich festgehalten war, »große Hunde schon immer gemocht hatte«. Die Organisation äußerte sich indessen nie zu diesem Erbe. Das Gebäude des Black Billard, dessen Umbau zum Hauptsitz von France République nie abgeschlossen worden war, wurde an einen amerikanischen Investor verkauft. Von Vaugan bleibt nur ein Familiengrab in Juvisy, vor dem sich einmal im Jahr einige Anhänger versammeln, bevor sie im Gedenken an den »Kommandanten« ein paar Biere trinken gehen.

Während Vaugan in seinem Krankenzimmer glaubte, sich im Jahr 1985 zu befinden, setzten die politischen Parteien den Wahlkampf ohne ihn fort. Der amtierende Präsident kündigte trotz seiner mehr als kläglichen Bilanz und denkbar schlechten Umfragewerten an, erneut für das Amt des Staatsoberhaupts kandidieren zu wollen. Auch wenn viele das für einen Skandal hielten, nahmen die meisten der stets auf Vorsicht bedachten politischen Führungspersönlichkeiten diese Entscheidung gelassen auf, überzeugt davon, dass sich dieses Problem mit den

Vorwahlen seiner Partei von selbst erledigen würde. Allen Erwartungen zum Trotz gewann der Präsident die Vorwahlen knapp vor François Larnier. Letzterer, der in den internen Umfragen als Favorit gehandelt worden war, gab sich, als die Ergebnisse bekannt gegeben wurden, eine peinliche Blöße: »Oh nein! Nicht der!«, rief er vor dem Schwarm der Journalisten. »So läuft das nicht, das sage ich Ihnen!« Am nächsten Tag legten die Anwälte beider Männer Widerspruch ein und beantragten eine Neuauszählung der Stimmen. Im Laufe der wochenlangen Auseinandersetzung wurden merkwürdige Unregelmäßigkeiten aufgedeckt. Ein Anhänger von François Larnier, der seit zwei Jahren tot war, hatte bei der Wahl für seinen Kandidaten gestimmt. Andere Parteimitglieder, die für den Präsidenten gestimmt hatten, waren an ihrem angeblichen Wohnsitz nicht auffindbar, und keiner im Haus hatte sie je dort gesehen. Die Opposition meldete »schweren Verdacht auf Wahlfälschung, die den republikanischen Werten, dem Geist unserer Institutionen nicht würdig ist und Frankreichs Ansehen beschädigt«. Die Situation verschlimmerte sich, als der amtierende Präsident die vielleicht beste Entscheidung seiner Amtszeit fällte: von seiner Kandidatur zurückzutreten. »Eine nach reiflichen Überlegungen gefällte Entscheidung«, erklärte er mit einem verzerrten Grinsen, das während der kurzen Fernsehansprache, die er eines Abends um 20 Uhr an seine Mitbürger richtete, keinem entging: »Um den Gerüchten und Verleumdungen keinen weiteren Raum zu geben und dem schädlichen Klima in unseren Institutionen ein Ende zu setzen, damit das politische Leben zu einer würdevollen, demokratischen Diskussion zurückkehren kann, die jeder Wahl, ob regional oder national, vorangehen muss. Dies, liebe Mitbürger, ist kein Abschied, ich bleibe dem Amt und dem Staat bis zu den Wahlen treu. Es lebe die Republik, es lebe Frankreich.« Daraufhin verfiel der Präsident in Schweigen, das er nicht wieder brechen sollte.

François Larnier wurde, wie er es sich gewünscht hatte, mit der schweren Aufgabe betraut, seine Partei bei den Präsidentschaftswahlen zu vertreten. Die Opposition, die nicht den gleichen Albtraum erleben wollte, versammelte ihre Führungsriege, die einstimmig die Entscheidung traf, keine Vorwahlen auszurichten, sich aber nicht auf einen Kandidaten einigte. Der Front National hörte seinerseits nicht auf, die Tricks und Verdorbenheit der etablierten Parteien anzuprangern, während er sich selbst als Beispiel für Rechtschaffenheit präsentierte – als einzige Partei, die geschlossen einen Kandidaten stellte, ohne irgendjemanden befragen zu müssen. So stand es um die politische Landschaft, als JBM, der in den Umfragen immer noch weit vorn lag, seine Entscheidung mitteilte, für das Amt des Präsidenten zu kandidieren. Als Parteiloser, nur umgeben von einer lockeren Wahlkampfformation, die »Union für die Republik« genannt wurde.

Schon am nächsten Tag verglich ein Journalist auf kluge Weise die politische Klasse mit »einem aufgeregt piepsenden Schwalbenschwarm, der eine Viertelstunde, bevor das Gewitter losbricht, um den französischen Garten kreist«. Von Panik erfasst, erwiesen sich die

Parteien als unfähig, auf die Ankündigung dieser außergewöhnlichen Kandidatur mit einer deutlichen und angemessenen Stellungnahme zu reagieren. Durch die widersprüchlichen Aussagen ihrer nunmehr sechs Kandidaten vermittelte die Opposition von Tag zu Tag mehr den Eindruck eines selten erreichten Grades von Inkompetenz und Unstimmigkeit. Immer deutlicher wurde, dass kein Bürger einem dieser gestressten und verwirrten Männer, die nicht einmal fähig schienen, auf die Fragen von Journalisten zu antworten, das Schicksal des Landes und darüber hinaus die Atomkraft in die Hände legen wollte.

In den Parteien wurden »Schwarze Kammern« gebildet, deren oberstes Ziel darin bestand, JBMs Ruf in der Öffentlichkeit zu schädigen, aber der Chef von Arcadia hatte sich nichts zuschulden kommen lassen, es gab keine prunkvollen Büroausstattungen, keine schwindelerregenden Restaurantrechnungen, keine Ankäufe von skandalös kostspieligen Kunstwerken, keine Kosten für Privatjets oder schlüpfrige Aufenthalte in Luxushotels, kein verstecktes Bankkonto. Tatsächlich konnte man ihm nur vier Dinge vorwerfen:

– Er hatte eine reiche Frau geheiratet – doch das war gesetzlich nicht verboten, außerdem war er selbst fast genauso reich wie die Caténac-Erbin.

– Er hatte ein amerikanisches Auto gefahren, einen Lincoln – das war ein schwaches Argument, außerdem hatte er es von seinem Privatkonto bezahlt, das Fahrzeug war also Privatbesitz.

– Er trug eine Breguet-Armbanduhr zur Schau – eine zwar luxuriöse, aber höchst respektable und bei Kennern geschätzte Marke. Hinzu kam, dass JBM, wie Fotos bewiesen, seit mehr als zwanzig Jahren dieselbe Uhr am Handgelenk trug.

– Er besaß eine beeindruckende Sammlung von Manschettenknöpfen. Dieser harmlose Spleen konnte nicht als moralischer Verfall gewertet werden, war kaum ein Luxus.

Geld, Affären, Sex, Drogen – nichts war zu finden.

Als eine Spur die »Schwarzen Kammern« zu seinem Bruder und der dramatischen Inszenierung seines Selbstmords im Schaufenster des Au Temps passé führte, wurde einstimmig beschlossen, dass es nicht infrage kam, darüber zu berichten. Nicht etwa, weil sie vor Toten irgendwelchen Respekt gehabt hätten, sondern weil sie Gefahr liefen, dass die Erwähnung des Vorfalls, der dazu dienen sollte, JBM zu schaden, sich gegen sie selbst richtete: Die Leute nahmen den Selbstmord eines Angehörigen nicht auf die leichte Schulter. Unabhängig von den Umständen erforderte ein solcher Vorfall Zurückhaltung und Mitgefühl.

»Wir haben nichts, gar nichts!«, hatte einer der Spezialbeauftragten verzweifelt gerufen. Selbst Domitile Kavanski, die stündlich ein Vermögen verdiente, hatte nach seinem alles verändernden Auftritt in der Talkshow entschieden, ohne Bezahlung für ihn zu arbeiten. Die mit JBM unterzeichnete Vereinbarung war unmissverständlich: Ihre Leistungen waren »kostenlos und würden keinerlei monetären Transfer erforderlich machen«.

Aus ihrer Sicht war ihr Eintrag in die Annalen der Geschichte nicht mit einem Scheck aufzuwiegen.

Dieselben Leute suchten auch nach Informationen über Aurore, aber auch hier fanden sie nichts, was ihnen hätte nützen können. Eine junge Frau aus dem Burgund, deren Mutter ein Hotel führte, geschieden vom Vater, der mit Wein gehandelt hatte und vor fünf Jahren verstorben war. Ein Bruder, der ebenfalls im Weinvertrieb tätig war, aber eine Stufe unter dem Vater. Aurore Delfers glanzvolle Laufbahn hatte sie zu JBM geführt. Punkt. Da die Rockband Hologrammes nie eine Schallplatte veröffentlich hatte, entging ihnen dieser Zusammenhang vollständig. Abgesehen davon, dass sie bei Aurore auf eine beeindruckende Zahl von Liebhabern gestoßen waren, die zu der Dauer der Beziehungen in keinem Verhältnis stand – was ihre Phantasien über die junge Frau mit den langen blonden Haaren beflügelte – war das alles. Eine Zeitlang erträumten sie sich eine Affäre zwischen JBM und seiner Assistentin, aber auch damit hatten sie Pech. Ironischerweise tauchte in einem der Berichte folgender Satz auf: »Wenn ihre Beziehung, wie es manche Augenzeugen gesehen haben wollen, manchmal über rein Berufliches hinausgeht, dann erinnert sie, angesichts des Altersunterschieds, eher an ein Vater-Tochter-Verhältnis. Ein völlig angemessenes Verhältnis, unangreifbar für jegliche Attacke.«

»Da kann man genauso gut versuchen, einen Safe mit einem Zahnstocher zu öffnen«, hatte ein Mitglied der »Schwarzen Kammern« glänzend zusammengefasst, bevor er aufstand und den Raum verließ. Nahezu alle politischen Berater nahmen unter der Hand Kontakt mit der »Union für die Republik« auf. Domitile Kavanski siebte diese Opportunisten aus, indem sie sie in einer Liste nach drei Kategorien einordnete: »Mistkerle«, »Nieten«, »Je nachdem, was sie uns anzubieten haben«.

JBM nahm an keiner öffentlichen Kundgebung teil – Domitile zufolge »auf nationaler Ebene unnütz, überholt, althergebracht« – und kommunizierte nur über die Medien – Fernsehen, Radio oder Internet. Die Tage bis zur letzten offiziellen Umfrage vor den Wahlen vergingen. Meinungsforschern zufolge würde er einen deutlichen Vorsprung im ersten Wahlgang haben, ohne dass sich ein eindeutiger Gegenkandidat herauskristallisieren könnte, die Konservativen, die Linke und der Front National schienen jeweils die gleiche Stimmenzahl zu erreichen. Eines war sicher: Keine Partei war noch in der Lage, JBM nach seiner über vierstündigen Radiosendung mit Jean-Jacques Bourdin auf RMC, die von neun Millionen Zuhörern verfolgt worden war, noch einzuholen.

Am Abend des ersten Wahlgangs waren die Redaktionen in Aufruhr, und die Journalisten in der aufgeladenen Atmosphäre der Fernsehstudios schauten sich mit glänzenden Augen an, während nach und nach die Vertreter der traditionellen Parteien mit blassem Gesicht eintrudelten. Schließlich, um 19.59 Uhr, wurde der Countdown vor der Verkündung der Ergebnisse des ersten Wahlgangs der Präsidentschaftswahlen gestartet. Um Punkt 20 Uhr schlug ein Blitz in den Blitzableiter des Élysée-

Palastes ein, der bei weitem stärker war als die üblichen hundert Millionen Volt: JBM war mit 50,04 Prozent der Stimmen im ersten Wahlgang gewählt worden, was die seit der Nachkriegszeit bestehenden politischen Strömungen mit der Wucht einer Supernova in Rauch aufgehen ließ. Zum ersten Mal in der Geschichte würde es keinen zweiten Wahlgang mehr geben. Die Konservativen, der Front National und die Linke lagen in dieser Reihenfolge weit abgeschlagen, wobei keine der Parteien mehr als 15 Prozent erreicht hatte und der geringe Abstand zwischen ihnen kaum abgebildet werden konnte. Die restlichen Parteien, die von der Presse nunmehr als »Alternativparteien« bezeichnet wurden, teilten sich die kümmerlichen übrigen Stimmen.

Die Republikaner kündigten in den folgenden Tagen ihre Auflösung an, die führenden Mitglieder der Konservativen zogen sich aus dem politischen Leben zurück. Die junge Garde aus der politischen Mitte gründete die Partei neu und gab ihr den Namen WDZ (Wir die Zentristen). Sie glänzte durch Unbeweglichkeit. Die sozialistische Linke entschied, ihren Namen zu ändern, um schließlich in drei verschiedene Parteien zu zersplittern, die DLS (Die liberalen Sozialisten), die DL (Die Linke) und die DuF (Demokratie und Fortschritt), die sich bis zu ihrer Versenkung in die absolute Bedeutungslosigkeit gegenseitig zerfleischten. Die extreme Rechte ging angeschlagen aus der Wahl hervor. Der Aufruf zu einer Großdemonstration fand kein Echo, in den folgenden Jahren fiel sie in sich zusammen, bis sie kaum noch die Stimmenanzahl aus ihren politischen Anfängen auf sich vereinigen konnte. Die aus der nationalen Einheit hervorgegangene Regierung, die JBM berufen hatte, machte sich an die Arbeit und erstellte in einem Monat das Manifest einer neuen Gesellschaft. Das Ende der Fünften Republik trat nach der Sommerpause in Kraft. Ein Jahr danach wuchs die französische Wirtschaft um 3,2 Prozent und würde die Marke von 4,7 Prozent im darauffolgenden Jahr überschreiten. »Ich bin kein Politiker, ich bin nur das Glied einer Kette, dessen Pflicht es ist, einen gesellschaftlichen Umbruch zu bewirken. Wir werden dies zusammen bewerkstelligen. Wir werden unsere Werte bewahren und alles, was wir seit Jahrhunderten verteidigen, aber zum ersten Mal werden wir der Gegenwart und der Zukunft ins Gesicht schauen. Fürchtet euch nicht, unsere Reise wird wunderschön«, so JBM in seiner symbolträchtigen ersten Ansprache.

Die Anfangszeit der Sechsten Republik wurde von einem sonderbaren Lied begleitet. Das Phänomen begann in Finnland, wo eine kleine Rockgruppe, in deren Sound die Achtziger widerhallten, ein Stück auf ihre Seite stellte, das am Vortag anonym auf einer kostenlosen Musikplattform aufgetaucht war. Zwei Tage später waren 458 Kommentare in den verschiedensten Sprachen, von Englisch, Spanisch, Arabisch und Portugiesisch bis hin zu Chinesisch, unter dem Stück zu lesen, von dem weder der Titel noch der Name der Gruppe aufgeführt waren. Als das Lied – ganz ohne Video, nur ein Klangoszillator war zu sehen – eine Woche lang im Netz stand und bereits 162 000 Mal angeklickt worden war, begannen die

Plattenfirmen durchzudrehen. Sie kontaktierten sämtliche denkbaren Bands, um herauszufinden, ob eine von ihnen für diesen Hit verantwortlich war. Alle waren so ehrlich zu verneinen.

Als der Song einen Monat später 98 Millionen Klicks erreichte, berichteten die Medien weltweit darüber, und im Netz zirkulierten die wildesten Theorien. Mehrere Wochen lang hielt sich hartnäckig das Gerücht, es handele sich um einen unveröffentlichten Song von David Bowie, dessen Stimme im Studio leicht verändert worden sei. Andere mutmaßten, es sei ein unveröffentlichter Eurythmics-Song aus der Zeit von *Sweet Dreams* oder ein Experiment von Giorgio Moroder, der damals mit Blondie zusammengearbeitet hatte. Annie Lennox ließ durch ihren Agenten verkünden, sie sei beeindruckt von diesem Song, aber sie sei nicht die Sängerin. Genauso Moroder, der die Melodie lobte, aber seine Urheberschaft verneinte. Andere Hypothesen sahen den Song als eine verloren gegangene Aufnahme von Depeche Mode, Propaganda, R.E.M. oder Roxy Music. Im Internet behaupteten manche Leute sogar, Augenzeugen der Aufnahmen gewesen zu sein. Ein Geist aus den achtziger Jahren brach sein Schweigen: der Rock-Kritiker Yves Adrien – ein wahrer Mythos, von dem man nicht gewusst hatte, ob er überhaupt noch lebte – verkündete, dass es sich eindeutig um einen französischen Song handele, »recht gut und mit Sicherheit zwischen 1980 und 1984 produziert, und wahrscheinlich von einer unbekannten und seit Ewigkeiten im Staub der Zeit aufgelösten Band«.

gefallen könnte und vor allem, dass so niemand je die Quelle oder den Urheber finden würde und damit Geld machen könnte.

Das genügte ihm zu seinem Glück.

Der Traum ihrer Jugend, produziert an einem schönen Nachmittag im Juli 1983, lebte nun im Netz sein eigenes Leben und wurde mit jedem Download neu geboren. Weltweit entstanden nicht weniger als siebenundsechzig Cover-Versionen. Von Thailand aus versuchte Frédéric Lejeune kundzutun, dass er für den Synthesizer verantwortlich war, aber seine Stimme ging in der Kommentarmasse im Netz unter – man hielt ihn allenfalls für einen Hochstapler. Bérangère begnügte sich mit einem Lächeln, wenn sie den Song ab und an im Radio hörte. Stan Lepelle wusste anfangs nicht recht, wie er reagieren sollte, entschied dann jedoch, sich besser nicht zu seiner Vergangenheit zu äußern, da es das Publikum verwirren und seinem Status als zeitgenössischer Künstler schaden könnte – ohnehin war er damit beschäftigt, seine Retrospektive im New Yorker MoMA vorzubereiten. Was JBM betraf, so antwortete er einem Journalisten, der ihn bei einer Pressekonferenz im Élysée-Palast zu dem Hit befragte, der Frankreich und die Welt zum Tanzen brachte, mit seinem katzenhaften Lächeln, im Refrain müsse etwas Wahres stecken, und dass wir tatsächlich alle »aus demselben Material wie unsere Träume sind und dass es an uns ist, sie zu verwirklichen«. Die Kamera nahm die Generalsekretärin des Élysée-Palastes ins Visier, Aurore Delfer, und fing ein Lächeln und ein erstaunlich verschwörerisches Augenzwinkern in Richtung des Präsidenten ein.

Alain hatte den Song in einem Internetcafé mit dem Gedanken ins Netz gestellt, dass er vielleicht jemandem